歌文集

螢烏賊

上野直

青磁社

螢烏賊＊目次

歌文集

螢烏賊

Ⅰ　伸びしろ

鰐塚山の南十度に昇りくる初日を妻の病室で見る

妻がここに入院してから二度目の正月を迎えた。この病院に来るのに鰐塚山を時計の反対周りに来て、六時の時点から丁度十二時の位置に、この病院はある。

自宅から見る鰐塚山が、ここからは真裏から見ることになるのである。このことに気がついたのはつい最近になってである。妻がまどろむ時間が多くなって、少しの自由時間が持てるようになった。六階の病室から東の方角に目を凝らしていたら、遠くの山の頂に、西日を受けてなにやら光って見えるものがある。あの位置にいくつも光って見えるものは、そうか、あれは鰐塚山の頂上に聳え立つテレビの中継塔なのだ。ここからだとこの延長線上にわが家が位置することになる。そうとわかってからは、無意識のうちに日に何度となく目をやっている。ひとりで留守番をしている座敷犬のチョコはどうしているだろうか。風呂場に行ってちゃんと用をたしているだろうか、そんなことが気になってしかたがない。

朝六時半に家を出て、日が暮れて家に帰り着くまでの一日を妻のベッドの脇で話しかけて反応を見るのが日課である。

去年の正月には主治医から外泊許可をもらって三泊四日の帰宅をしてみたが、ひとりで面倒をみることの困難さを嫌というほど味わって、ことしの正月の帰宅は見送ったのである。

冬場は七時半ごろに朝日が昇る。初日が望めるような空模様である。東のほうが白々としてくる。もう間もなくご来迎が拝めるのではないか。

まだ目が覚めずにいるベッドの妻を起こしては可哀想だと思って、ひとりでご来迎を見ることにして目を凝らしていると、鰐塚山の南十度の位置に初日が昇って来た。神々しい年明けの太陽である。日向灘に昇ってくる初日を何度となく見に行ったことがあるが、こうしていま山の端を染めあげて昇ってくる初日を拝むのははじめてである。

振り返ってみると高千穂の峰に日の光が当たり始めている。霧島の盆地にさしてくる初日を、飽かずに眺めていた。

ここで、この病院でこうして初日を拝むことがあと何年続くのだろうか。いずれはどこかの施設に移ることになるのだろうが、そんなことを考えながらまぶしくなってきた初日をあかずに眺めていた。

おーい雲西へいくのかふるさとへ千代子の有様伝えておくれ

妻の生まれ在所は県西のえびの市である。真幸、加久藤、飯野の三町が合併して生まれた新しい市である。今では全国至るところに平仮名の市町村名があるが、当時は僅かで珍しかった。

霧島連山にあるえびの高原がその由来のようである。秋になると草原のススキが一面、えび色に輝くところから、そう呼ばれるようになったらしい。

三町それぞれに特徴のあるところであるが、全国でも有数の米どころでもある。霧島の伏流水が至るところに湧き出て、農作物の生育に潤いをもたらしているのである。

三町の中心部の加久藤に市役所が置かれているが、山手に向かったところにある西長江浦に妻の生家がある。

樹齢八〇〇年のマキの木が母屋の脇に聳えているが、その中心部は空洞化していて、やがては土に還ってしまうのではないかと、そんな風情をして立っている。えびの市の巨木に指定されていて、枯らさないよう気配りもまた大変なようである。

冬は底冷えのする、県内でも寒いところで、県北の山間部に引けをとらない寒冷地でもある。近くには弁財天という湧水池があって、一年中こんこんと湧き出ている。草陰に隠れるように山葵を植えてみたが、猪にやられたか、だれかにもっていかれたのかは分からない、楽しみにして次に行ったとき探したが、その姿は消えてしまっていた。

実家の手伝いに行った折、妻の働きように驚いたことがある。華奢な体つきをしている割に、その働きようといったら並大抵のものではない。まったく疲れを知らない農家の主婦を演じているのである。

田植えの時期には、早苗を田んぼに運び込み、収穫の時期には、藁運びに人一倍頑張っているが、その姿は、完全な農家の主婦である。

里芋の収穫の手伝いに行ったときのことであるが、土を着けたままで二十三キロの袋を作るのであるが、それをいとも軽々と車のところに運ぶ姿には驚いた。一体彼女のどこにあんな力が潜んでいるのかと思わずにはいられなかった。

あんなに元気印の妻は、いまは病院のベッドに横たわったままである。窓越しに空を眺めて何を思っているのだろうか。雲が西へ流れている。雲の流れが西のときは、大抵雨になる。

ここ三年、穫り入れの加勢どころではない。農家の主婦然としていた妻は、相変わらずの状態である。流れる雲に託して千代子の有り様を故郷へ伝えてやりたいものよ。

れんげ田に寝転び見上げる青空のま中に「千代子死ぬな」と書けり

秋の収穫を終えた後は、ほとんどの田んぼが翌年まで、そのままにされているところがほとんどである。

福岡の太刀洗飛行場の跡地にビール工場ができてからは、その周辺では麦が栽培されるようになり、以前のようなれんげ田はほとんど見なくなった。

妻の入院先に行き着くまでには、青井岳の山間を抜けた後は、都城盆地に入る。秋の収穫の後は、田んぼにはれんげが蒔かれてあり、春先にはかわいらしいピンクの花が、一面を覆い尽くしている。以前は、あちこちで見かけた養蜂家の蜂の巣箱も最近では見かけなくなったが、それでもどこから飛んでくるのか、よく蜜蜂をみかけることがある。

ベッドで気持ちよさそうに昼寝についた妻を見届けて、近くのれんげ田に下りていく。心地よい春風に誘われて、思いっきり吸い込む空気のなんとおいしいことか。

子供のころ、学校帰りにれんげ田に入って走り回ったり、寝転んだりして田んぼの主に咎められ、走って逃げ帰ったことが思い出される。

あぜ道を枕にして、れんげ田の端っこに寝転がってみる。この程度のことなら、たとえ地主に見つかっても怒られることもないだろう。

なんと気持ちのいいことか！　時おり耳元で蜜蜂の羽音を聞きながら、ホバリングのさまを見ていると、何もかもを忘れて眠たくなってくる。見上げる真っ青な空には、時おりいろいろな形に変えて雲が飛んでいく。

春霞のこの時期でも、まるで秋天を見るような真っ青な空を見ることがある。きょうのこの空はまさしくその空で、果てしなく真っ青である。右手を突き上げ、腕まくりをして大きく腕を振るう。

きみや先われや先かと案ずるにきみを遺して先には逝けぬ
もしもだよもしもだけれどきみよりも先だとしたらどうするきみは
きみはまだレシピのひとつも教えてはくれてはいない逝ってはならぬ

ふと浮かんだ歌に思いの丈を乗せて、青空の真ん中に「千代子死ぬな」と大書してみた。

このれんげ田もやがてして、鋤き込まれて肥料と化してしまうのであるが、この介護が続く限り、そしてこのれんげ田が来年も亦、ここで見られるうちは、また寝転んでみたいと思うことであった。

この先は追い越し車線　ややなんと前の車がスピードアップ

宮崎から都城へ走るには国道269号線がいちばん利用しやすい。信号機が少ないし、道路改修がされてからはカーブが少なくなって、快適に走ることが出来る。

妻の入院先へは、いつもこの道を走る。途中、自然林が多く、春先には椎などの広葉樹の葉が光り輝いて眩しいくらいである。秋にはもみじや櫨の紅葉が、ひと際目を引く。

「寂しくなったなあ」と感じるのは、街なかの空き店舗があちこちにあるように、この国道脇のあちこちにあったドライブインの店がなくなったことである。建屋は残ったままで、荒れていくさまは見るに忍びない。

都城までの途中に、青井岳温泉がある。そこへ行く高齢者の車が前を走るようなことになると、後続の車が数珠繋ぎとなって、のろのろと走ることになる。よくある光景である。

週末や雨の日はそのことを覚悟して家を出ることにしている。それは農家の人にとっては骨休めの一日であり、楽しみな温泉三昧の日であろうと思うからである。

早朝に走ると、曜日によっては木材を満載した大型トラックに出くわすことになる。昔は長いままの大木を積んだ車が、赤い布切れを結わいつけて走っているのをよく見かけたが、最近のそうした木材の積載車は、きっちり切り揃えたものを積み込んで運んでいる。

通行量が多くないうちに、他の車に迷惑がかからないよう運ぶのであろうが、なにせ木材を満載しているのであるから、スピードは遅い。というよりも出ないといったほうがいいのかもしれない。

ところがである。嫌な目に遭ったことがあるのだ。

その日は日曜日であった。都城まで走る間に、国道２６９号線には二箇所の追い越し車線が設けてある。登りにかかるところで、大抵の車はきっちり避けて走るが、この日の大型トラックはそうではないのだ。避けてくれるどころか、かえってスピードを出そうとしてもがいているさまが見て取れる。明らかな嫌がらせとみたが、ならばなにも無理をして先に出ることもないわいと、平常心に戻って走ったが、最近のあおり運転はこうした状況が生み出すのかもしれないと思うことであった。

それでも後にくっついて走りながら

おーいそこな木材満載トラックよ　避けてくれぬか追い越し車線ぞ

と詠うことであった。

Ｏｘｙｇｅｎとｖａｃｕｕｍ表示が病室の枕頭にあり異様な感じ

鼻からだけでの注入食では、今回のように細菌感染に、いつ罹るかも分からない。注入をしている一時間半の間の妻の様子を見ていると、苦しそうで本人も嫌でたまらないだろうと思えてならない。

ある時なんぞは、ちょっと目を放した隙に、鼻からチューブを引き抜いてベッドの下に放っていた。無意識のうちにそうしたのだろうけど、鼻に管なんかが差し込まれていたのでは、たまらなく嫌であろうと思われることであった。

注入をしていないときであれば、管を引き抜いてもそんなに心配することではないが、注入のときに引き抜いたりしたら、誤嚥性肺炎を引き起こすことになりかねないらしい。

そんなことにでもなると大変だし、それならばペグを付けたほうがいくらかでも安心できるというものだ。

それがきっかけでペグを付けてもらうことにしたが、そのためには放射線科での処置になるということで、入院先の関連である病院に転院することになった。

いろいろと検査を受け、ペグを付けるのには、支障はないということになり三日の入院で経過をみながら退院が許可されるという運びになった。

実は、ペグの設置のほかにもうひとつ心配事があった。それは唇の炎症で、下唇を歯で強く噛んでしまって、傷ができ腫れあがっているのだ。このまま放置しておくとばい菌が入りますます腫れあがるというのだ。炎症を起こしているところの細胞をとって、良性悪性の検査をしてから、その後の処置を考えようということになった。そのために入院の期間が一週間に延びることになった。

細胞の検査結果は一週間後に判明するが、この機会に歯を抜いてしまわないかと言うのである。ペグを付けてしまえば、そこからの食事を摂ることで、歯はいらなくなる。今度のような心配はなくなるというのだ。で、さしあたって、いま傷口の邪魔になっている歯の何本を？　と聞くともう歯は要らないのだから、全部ですよと言う。

とんでもない！　歯を全部抜いちゃうなんて！　嗚呼、嫌だ嫌だ、そんなことってあるかよ！なんてことを言う！

病室は四人部屋でみんな女性の高齢者であった。妻はと言うと、環境が変わったことさえ分かっていないらしく、今までとは何ら変わった様子もない。ひと安心である。

眠り込んでいる妻のベッドの上を見て、「あれっ、これって何なんだ？」ｏｘｙｇｅｎは酸素吸入に使うのだろうし、ｖａｃｕｕｍって汲み取り？　いったい何を汲み取るのだろうか。そう思った自分がおかしくなった。まったく笑えちゃうよ。汲み取りのヴァキュームカーを連想している自分におかしくなったのである。そんな貧相なことしか頭に浮かばないのかと情けなく思えてならなかった。

臍のうえ一時の位置にペグを据え妻は三食ここより摂りぬ

ある日突然にといった感じで、妻は食事を口に運ばなくなった。無理に口を開けて食べ物を入れてやっても、それを飲み込もうとはせず、すぐに吐き出してしまう。

そんなことが始まったのは、七年前の暮れのことであった。ご多分にもれず、医療機関もすべてが年末年始の当番医を残して休みとなる。

何かの緊急時にはいつでも来ていいという、お墨付きをもらっていたので、甘えることにして、近くの老人介護施設のほうにお世話になった。明けて四日まで点滴で何とかもたせて、定期的に受診していた、都城の病院へ連絡を取ってもらい、転院することになった。

いろいろ検査があって、嚥下ができないこの状態では、この先は食事を口から摂ることはできないので、鼻から胃に管を入れて、食事を摂るか、胃ろうにするかの選択を迫られた。なにぶんにも緊急を要することである。だれに相談する暇もない。

「先生、胃ろうって一種の延命治療ですよね。本人の意思がはっきりしているときにそんな確認をしたこともなかったし、家族で話し合ったこともありません。胃ろうにして食事を摂ることが、彼女にとっていいことなのか、頭が混乱して、どうしていいのかわかりません」

どうしていいのか、気が動転してまとまりがつかない。とりあえず鼻からの注入での食事を摂ることに決め、後のことは経過を見ながら考えることにした。

しばらくは、そうした食事が続いたが、注入食の途中、ちょっと目を放した隙に、鼻に差し込まれている管を引き抜いてしまっているのに気がついた。あわてて看護師に連絡をして、元の状態に復することができたが、こんなことはその後も何度かあった。

一週間もしないうち、微熱が出たり、感染症の恐れがあるということで、大学病院での精密検査を受けることになり、転院して二週間その検査を受けたが、原因の究明には至らず、鼻から食事を摂ることによる細菌感染が原因だろうということになった。

注入食の度に鼻に管を差し込むのでは、本人もつらいだろうということになり、注入後も管は鼻に差し込まれたままの状態が続いた。

鼻に異物があって気持ちが悪いのだろう、ちょっと目を放している隙に、引き抜いたりしてしまう。傍で見ていても気持ち悪そうな様子が見て取れる。

ベッドの脇で話しかけると、機嫌のいいときには、笑顔を見せてくれることがある。会話にはならないのだが、互いの気持ちの繋がりはしっかりしていると見た。

本人にとって何が最善の処置なのかは、いまだに分からない。彼女に微笑み返しがあるうちは、胃ろうに切り替えて、我慢してもらい生きながらえて欲しいと願う気持ちが強くなった。

こうして胃ろうでの食事が続くことになったのだが、最善の医療は何なのか、いまだに迷っているが、胃ろうにしたことは、ベスト・チョイスだと思っている。

もう駄目だ　もうこれまでだとは言わないが　もうこれまでと思う日はある

介護に疲れた人は、だれだっていつかはこんな焦りを感じるものだろうと思う。介護が始まったばかりでこんな思いをする人はまずいないはずだ。もしそんな人がいるとしたら、それは単なる諦めか、逃避でしかない。

だが、家族のだれかに認知症の症状のある人が出たりすると、慌てふためいて「なんでだろう、なんでだろう」と芸能人のテツａｎｄトモのキャッチフレーズよろしく、愚痴ってしまうこと請け合いである。

認知症ばかりはいつ、だれがどうして罹るのかは、まったくもって分からない。環境がどうだとか、身内にかって認知症の人がいなかったかなどとは、関係なく起きている気がしてならない。

家族のだれかに認知症の兆候が現れたとき、おおかたは世間体を憚ってそのことを懸命に隠そうとするのが普通だ。隠したからといってどうなるものでもない。むしろ周囲に知ってもらうことによって、協力してもらうほうが、ずっと得策だと思う。

アルツハイマーのひとの特徴は、徘徊だそうで家族の知らないうちに家を出て、今まで行ったこともないようなところで見つかって、保護されたという話しをよく耳にする。

前もって家族のだれかにそんな人がいるのだと公表しておけば、周囲のみんなに関心を持ってもらって、協力が得られる。

妻がいまお世話になっている施設にも、そこを訪ねてくる家族に、長いこと面倒を見ていて疲れきった顔の人をよく見かける。最初のうちは、張り切って面倒を見ていても何年も介護に携わってみると、いや応なく疲れてくるものだ。ひとはほどほどの感覚で対処していかないと、自分が潰れてしまうことだってあるのだ。

手抜きなんてことを言っているのではない。そんな不謹慎なことではない。もっと肩の力を抜いて面倒を見ていこうということである。あまりしゃかりきになって頑張りすぎると、自分までが潰れてしまうことになる。

妻の元へは三六五日通いずくめで施設に行き、声かけをしているが、二、三十回の呼びかけで、眠っていても、やおら顔を向けて表情が和らぐときがあるが、そのときほど嬉しいことはない。

反対に、いくら声かけをしても目を開けることもせず、このまま覚醒しないのではないかと思うほど深い眠りから覚めずにいる顔に出会うときは、反応があるまで、懲りずに「お早う、いま来たよ、お早う」とかれこれ五、六十回ぐらい、根気よく呼びかける。それでも何の反応も示してくれないことがある。そんなときが一番寂しく、切ないときで、どうしようもない寂寥感に襲われる。

もう駄目だ　もうこれまでだこの介護　なんのこれしきまた立ち上がる

介護疲れだなんて、考えたこともなかったが、介護する身に異変が起きると、途端に弱気に襲われる。

病知らずの至って元気坊と、ついこのごろまで自負していたが、寄る年波と、思いがけない病に取り憑かれてからというもの、妻を看ていくことに自信をなくしてしまった。

情けないことなのだが、今は自分のことで手一杯である。体力、気力とも限界かと思うほどの落ち込みようだ。どのようにしたら立ち直れるかが分らない。

怒らなくなったし、小言を言われなくなったことに、娘達は不安を感じているようだ。今までどおりの父親像を期待しているのであろうが、荷が重過ぎて、それどころではない。

自分の身を持て余しているのが実情のようだ。人間に備わっている三大欲すらなくなって、腑抜けの状態を呈しているのが自分でも分る。

早く立ち直らなければと思うが、妙案が浮かばない。食欲もないし、何を食ってもうまくない。

娘達からの食事の差し入れでもって、繋いでいるだけで、それさえも冷蔵庫で眠ったままで何日も、忘れ去られていることがある。

老いては子に従えというから、いい加減ここいらが潮時かとも思うが、その前にまだ、妻の介護が大きく立ちはだかっている。このままへたばってしまう訳にはいかない。

このひとといつかは別れることとなるその日がいつかは知りたくはない
きみや先われや先かと案ずるにきみを遺して先には逝けぬ

どんなことがあっても、妻を遺して先に逝くわけにはいかない。妻の介護はわれにかされた天命なのだ。その天命を果たさないままでは、生きながらえる資格がない。から元気でもいい、声高らかに労働歌よろしく、「頑張ろう」とだみ声を張り上げて歌えば、少しは気が晴れるのかもしれない。

これしきのことで負けてはいられない妻看ることはわれの天命
この先を行き止まりにはしたくない妻の介護に戸惑うは悪

難病の妻を看ていしわれもまた難病なりき　ゆるゆるゆかな

一昨年の夏、妻の入院先の階段をいつものように、六階まで一五〇段あるのだが、それを登る途中、まだ二階に登りつかないのに、胸苦しくなり息切れがしてどうにもならなくなってしまった。

妻の入院先に四十キロの道のりを車で通うだけの毎日で、日ごろ運動は何もしていない。身体がなまってしまわないようにとエレベーターには乗らず、階段登りで足を鍛えることにしていた。ところがある日突然に、という感じでこの息苦しさである。

息が整うまでしばらくじっとしていて、落ち着いてからかかりつけのクリニックへ診察を受けにいくことにした。

五年前に撮ったレントゲン結果を見せられ、今回のレントゲンと比較して違いがわかるかと聞かれた。肺の先端部分に五センチほど膜が張っているのがはっきりと見てとれる。

なんでも、胸水がたまっているとの説明で、二泊三日の検査入院をして、その結果でその後の治療を決めていこうということを言われた。

検査は腕の動脈から心臓にカテーテルを入れて診るというものであった。只でさえ注射が怖いのに、よりによって心臓に注射とは！

結局検査は先延ばしにして、様子を見ることにしたのだが、胸苦しさの頻度は日を追って増してきた。このまま身体に変調をきたして、妻の介護ができなくなってはいけない。意を決して検査入院を受けることにした。

検査後にモニターを見ながら説明を受けた。三本の太い動脈の流れには異常はないが、心臓の筋肉にいたずらをする物質が付着していると言われ、素人目にも明らかな、まるで螢烏賊が蠢いているような光景である。

「あの螢烏賊を取り除く薬を服用すれば、一発でよくなるのですね。」と不安を吹き払うように尋ねた。担当の医師は、「そうなんだけど、その薬はまだ開発されていないのです。それを見つけたら、それはもうノーベル賞ものです」と申し訳なさそうに言うだけだった。

この先、生活習慣として、水は一日に二リッターのペットボトルの半分で我慢することと、利尿剤を飲むことで余計な水分を体内に溜め込まないよう、それに体重を十キロ近くは減らすようにと指示を受けた。

八月の真夏日が続く毎日であった。それだけの水で熱中症に罹らないのか、不安であったが結局忠実に指示を守ることにした。

難病の一種で全身性アミロイドーシスというのだそうである。いま難病の指定は全部で三三〇種あり、その二十八番目の指定で、かなり早くに見つかっていながら、その治療法がないのだそうだ。原因がわからず、その治療法がないから難病なのであろう。

妻が罹っている認知症が、前頭葉側頭葉意味性認知症と言って、これが一七二番目の難病とのことである。なんのことはない、夫婦ふたりして難病を背負い込んでいるとは！

笑えない話である。

アミロイド妻は脳にわれは胸β・シスの違いはあれど

けさもまたきみの笑顔にあえたからきょうの介護もめっちゃうれしい

炊事、洗濯、掃除の一通りの家事一切を済ませると、いつものように妻の入院先へ出かけていくが、ここのところこのことを日課としている。

雨が降ろうが、槍が降ろうがこのことだけは欠かすわけにはいかない重要案件である。人はよく大変ですねと言ってくれるが、大変なことは何一つない。当然のことをしているのだとしか、感じたことはない。

何事もそうだと思うが、してやっているだなんて思うから駄目なので、させてもらっているのだと思えばいいのであって、これほど有難いことはない。

つらい、きついという気持ちに取り憑かれるのは、理想が高すぎるからではないかと思う。高望みをするから、挫けてしまうのであって、相応のことをしておれば、結構楽しくやっていけるものだ。

何もかも一人で背負い込んで潰れてしまうなと、よく人に言われることがある。人の力を必要とするときには、当然頼ることにはするが、まだそこまでには至っていないと思っているし、まだこの先も、当分は大丈夫な気がしている。

朝起きるとすぐに、洗面所の鏡と睨めっこをして、笑顔作りに没頭する。妻を喜ばせるにはどの顔が一番いいのか、どんなに造作を変えても、変わりようはそこそこ知れたものに過ぎないのだが、このことが一日の始まりに、欠かせないことである。

よし、決まった。きょうは朝一番にこの顔を持っていこうと、百面相の中から一等にいい顔を選び出す。こんなことを続けていると、何度も同じ顔に出くわしているはずなのだが、いつも違った顔に見えるから不思議なものだ。


けさのこの篩にかけた笑顔だけ疾く持ちゆかん色褪せぬうち

「お早う、いま来たよ！」妻の肩に手をかけて揺すりながら、顔を見つめて覗き込む。怪訝な顔をして見上げていた妻の顔にうっすらと笑顔が湧いてくる。

最高に幸せを感じる時間が今のこのときなのだ。これだから、朝々の顔作りが楽しいし、いつになっても止められないことだと思う。

何もせずただ枕辺にいるだけで妻のまどろみ誘うは嬉し

体調を崩してからというもの、外出の機会がほとんどなくなってしまった。足に力が入らないし、家の近くを散歩することすら儘ならない。

毎日通っていた妻の入院先へも足が遠のいてしまっている。人に会わなくなった分、言葉数も少なくなってしまった。このままの状態が続くと、あるいは日本語さえ忘れてしまうのではないかと思うくらいだ。

誰かが訪ねて来ても、話しに集中できないし、そのことを感じてか、皆さんあまり長居をしてくれたことがない。すぐに疲れて、ぐんにゃりしてしまい、骨抜きの人形みたいになってしまう。みすぼらしい格好だが、仕方がない。歳をとり、病気に罹るということは嫌なものだとつくづく思う。

久しぶりに天気になったので、妻を訪ねてみた。いつものように、何十回となく声かけをしていると、じいっと見上げている妻の目に柔らかな喜びが出てきた。

分ってくれたんだ。「あんた永いこと来なかったけど、何してたの？」その目は、紛れもなくそう言っている。言葉じゃない会話ってこういうことをいうのだろう。以心伝心、不思議と伝わってくる。

手をとって擦っていると、幽かに握り返してくる力を感じる。ユマニチュードってよく聞くが、こういうことをいうのだろう。

あれやこれやと話しかけていると、疲れてきたのか、うつらうつらし始める。握った手だけは離そうとしない。安心しきっているのであろう、ありがたいことだ。これだから、通い尽くめのこの介護を止めるわけにはいかないのだ。

眠りについた後、何をしてやるわけでもない、ただベッドの脇に座り込んで、笑みをたたえて深い眠りに入っているその顔を覗き込むだけだ。

もっともっときみの笑顔が見たいから止めるわけにはいかぬこのいま

なんとも穏やかな顔をして、安心しきっている顔だ。これだからなにがあってもここに通って来ないわけにはいかないのだ。

うんうんうん　うんうんと目で返事して「またあしたね」と病室を出る

目は口ほどにものを言う。言葉を失った妻との会話は、見つめ合う目だけでの会話なのだが、それでも結構通じているらしい。通じているのだと思いたいのである。

自分の方から手を差し伸べてくるような力は、妻には残っていない。力がないのか、そうしたくないのかは分からない。

いつものことだが、手を差し伸べて、その手をとって、擦ったり撫でたりしてやるが、ただそれだけの触れ合いが、その日の始まりで妻への奉仕だと理解している。

今までは、あまり気にしたこともなかったが、最近感じることは、握った手を握り返してくるその指先に、力を感じなくなったような気がしてならない。

週二回の割合で理学療法士のリハビリが施されているから、筋肉が固まってしまうということはないはずだが、自発的に動かないと駄目なのかもしれない。

かくいう自分でさえ最近は、自分の身を持て余しているぐらいだから、何をか況んやである。健康が損なわれると、やる気がなくなってしまう。諦めてじっとしておれるなら、それはそれなりに諦めもつくのだが、そうはいかないからなおさら始末が悪いのである。

草の一本も引き抜く元気がなくて、庭を窓越しにただ眺めているだけの自分がなんと惨めなことか。元気を取り戻せる保証はどこにもない。開き直ることもできない。悶々として、老いの下り坂にいる感じがしてならない。

こんな不健康なこころでは、妻を見る資格はないと思えてならない。老け込むにはまだ早すぎる。人生百年時代と言われるようになって、周りを見渡せば、周囲の人達は確かにみな元気な様子をしている。なんだか自分だけが取り残されているのではないかと、錯覚を起こしそうになる。最近の体調不良の自分がいかにも哀れである。自分の身体さえ持て余し気味なのだ。この先、いつまで続くか分からない介護に自信を失くしかけている。一体立て直しができるのか、このまま潰れてしまうのか、どうしようもない焦燥感に襲われる。

妻の顔を覗き込みながら、今にも泣き出しそうな自分に気付き、われに返って俄か仕立ての笑顔を作る。

いい加減お互いに疲れが見え始めてきた。そろそろ帰る時間でもある。きょうのこの失点はあしたに取り戻そう。なにか言いかけているように見える妻に目で相槌を打ちながら、病室を後にした。

あっきょうは機嫌が悪いその証し眉根のハの字が如実に語る

「おはよう、いま来たよ」返事はない。いつものことではあるが、けさの様子はどこかが違う。何があったのかは分からない。最近あまり見かけないことだから、余計気になる。

悪い夢でも見たのか。一番嫌がっている口腔ケアがけさはもう済んで、そのことが尾を引いているのか。

怒っている証拠に、蟹のように口から泡を吹いて、ぶー、ぶーと言いながら睨みつけてくる様子から分かる。

一晩のうちには、口の中に何億というばい菌が繁殖するらしく、口腔ケアは欠かせないことらしい。毎日担当の看護師が代わるから、ブラシの扱い方も違うのだろう。

妻は口を開けようとしないし、うまい具合に口の中に歯ブラシが入っても、それに噛み付いて離そうとはしないことが何度もあって、傍で見ているとまるで戦争状態のようである。「ほら、口をあけて頂戴、綺麗にするのだから」と言われれば言われるほど口を固く結んでしまう。

そんなことが度重なって、週一回の割合で、歯科医院から専門の看護師に来てもらって、ケアをしてもらうことになった。専門家とあって、流石である、抵抗なく素直に応じているから、安心して見ていられる。

きょうは定期的に来てもらっている木曜日ではないから、不機嫌な様子は別のことが原因なのだろう。いろいろ想像してみるが、思い当たる節はない。

機嫌を損ねたときの妻は、決まって眉間に皺がよるからすぐに分かる。ユーモアのある看護師さんは、「あら、なに怒ってるの？　アイロンかけちゃうよ」と言って、上手に機嫌取りをしてくれる。眉間の皺に指を当てて、揉みほぐしいると、やがてして機嫌が直る。ぶー、ぶーと言って泡を吹いていた顔に、いつもの穏やかな落ち着きが見えてきた。

これだから、いつまで続くか分からない介護でも、辛抱強くできるのではないかと思う。

妻は目で身振り手振りに口と目で会話している介護のわれは

言葉を失った妻との会話はいつもベッドから見上げてくる妻の目と、大層に振舞ってそれに応じる身振り手振りの会話から始まる。

おどけて見せて、笑いを誘う技術にそう進歩があるものでもない。いつも同じことをしていることに、あきれている。もっとましな喜ばせようはないものか。

傍で見ている人には、なんと他愛もないことをしているのかと映るかもしれない。やっている本人は、いたって真面目で、そのやり方には、日々努力を重ねているのである。

努力の甲斐あって、会話にはならないが、声を出して喜こんでくれるのを見ていると、疲れなんぞはいっぺんに吹き飛んでしまう。単細胞の所以かもしれないが、うれしくてならない。

最近その技術に翳りが見え始めた気がしてならない。体調を崩してからそのことを痛感している。動きが緩慢になった上に、やる気が失せてしまっていることに、われながら驚くことがある。

懸命に動かしているはずの手が、いつものように肩以上には揚がらなくなっていることに気づいた。ペースメーカーが入っているところが、どうもその原因らしい。揚げようとした左手が、突っ張る感じなのである。無理をすると心臓の電線が切れてしまうのではないかと恐れて動きを止めてしまうことがしょっちゅうであることに気がついた。

身振り手振りにも一連の流れがないと、ぎこちないものになってしまう。いままでの動きを取り戻すためには、体調を取り戻して、動きをよくする以外にない。

筋トレに挑戦するほどに回復はしていない。だからといって、のんべんだらりんと過ごしていたのでは、ますます鈍ってしまう。まだまだ老け込んでいる歳ではないはずだ。

「介護は続くよどこまでも／まだまだこの先／その先も／二人の旅路は／夢の先」鉄道唱歌よろしく即興で口ずさんでみると、意外に気が和らいできた。

「あなたもうきょうは帰って寝なさいよ」ベッドの妻の目が言っている

日が西に傾いて、辺りが薄暗くなってくると、妻の目が訴えかけてくる。疲れてきたからなのかもしれないが、帰り際になると、決まったように知らん振りをして、それが昂じてくると眠ったふりをしてしまう。

何もかもが記憶から消え去っていると思っているそのことが、あるいは妻の脳裏には少なからず、留まっているのかもしれない。

ここのところ、長いこと来なかったけれど、何かあったんですか？　顔色も悪いようだし、いつもの元気がないんじゃありませんか。ちゃんとご飯は食べているのでしょうね？　いろいろ大変でしょうけど食事は摂らないと駄目ですよ。どうです、その痩せようは。すっかり老けてしまって。そんなんじゃ、わたしもここでおちおち寝てるわけにはいかないじゃないですか。

しっかりして下さいよ。店屋物をとってもいいし、外食でもいいですから、兎に角食事はきちんとと摂ってくださいね。好きなものばかり食べていると、偏ってしまって身体を壊しますからね。

そうそう、ぼつぼつ涼しくなってきましたが、衣替えはちゃんとしてくださいね。みっともない格好はしないようにして下さい。何がどこにあるのか、探すのも大変でしょうが、箪笥にそれぞれに仕分けしてしまってありますから、引っ張り出してください。

夏物はちゃんと洗濯をして、箪笥になおすときには、防腐剤やナフタリンを忘れないでくださいね。どうせきちんと畳めないでしょうから、ぐちゃぐちゃのままでも構いません、ハンガーに架けて、吊るしたままにしないで下さいね。埃をかぶってしまいますから。

ここに来るときは車でしょう？　気をつけてくださいね。いまお年寄りの事故が多いそうですから。そろそろ車は処分して、タクシーにしたらどうです？　そのほうが安心でしょう。自分がいくら注意していても、相手のあることですからね。すぐにとは言いません、ぼつぼつ考える時期かもしれませんから。

いつものことなのだから、いい加減割り切って帰っていいのかもしれないが、いまだにそうすることに躊躇いを感じている。

「あのときの料理はまずいと残したね」そんな顔して妻が見ている

二人とも物事に拘るほうではないが、妻は虫の居所が悪いときなんぞは、無言の抵抗をすることがあった。返事をしてこないのである。滅多にないことで、一年に一、二回あるかなしのことである。プライドを傷つけられでもしようものなら、そのだんまりは、止まるところを知らない。だからと言って、口答えしてくることはない。

生まれつきであろう、実に穏やかな性格をしている。元気なころはミニバレーをしていたが、チームのだれそれと諍いをしたなんてことは一度も聞いたことがない。

我慢強いというよりも、最初からかかわりを持たない主義だったのかもしれない。それでいて、なかなかに面倒見のいいほうで、遊びに来る友達が多かった。

料理の腕は大したもので、どこで覚えたのか、いろいろうまいものを食わしてくれたものである。すべての料理が頭に入っているのか、妻の手持ちのレシピを見たことはない。

調味料はきちんと計っているようであったから、やはりマニュアルみたいなものはあったのだろう。

最初のうちは、妻の作るグラタンや、シチューはあまり好きではなかった。好みと言えば濃い味噌汁であったり、醬油のしっかりとしみこんだ煮物でなければ合格点をやれなかった。

そんなときの顔がよほど気になっていたのか、それでいて質してきたことはなかったが、情けなさそうな顔をしていたことを覚えている。まさかいまそんなことを思い出したのでもなかろうに、今だから言うのですよと言わんばかりの顔をして見上げてくる。

妻の味になじんでくると、それはもう、その味でなければならなくなってしまったようである。そんな妻の手料理が食べられなくなったいまでは、それが恋しくてならない。

この二品にかけては、長女のほうより、二女のほうが妻の味を引き継いでいるようである。あのシチューを食べたいなあと思っていると、聞こえでもしたのか、届くから不思議なものである。

看護師のマスクの下の微笑みに見上ぐる妻のほほえみ返し

たくさんの看護師が勤めていて、だれがだれやらなかなかに覚えられない。歳をとるとなおさらのこと、ええーと誰だったっけ？　といつも記憶を追っかけている。

いつも思うことだが、看護師にはみな天性の微笑があり、作りのそれではなく、実に清々しいほほえみだと思っている。

声を荒げることもなく、実に穏やかに話しに応じてくれる。何にも増してありがたいことは、ユーモアを持ち合わせているということだ。それは駄洒落ではなく、心底思いの迸ってくる笑いであって、聞いていて気持ちがいい。

言葉を失った妻も、視覚はまだはっきりしている。だれだかは分からなくても、その人の表情はしっかり見えているようだ。

仕事柄、ほとんどの看護師はマスクをしていて、顔の全容は分からないが、その目元や、声色で人格までが表れている気がする。

病院や介護施設を代わるたびに不安に感じることは、妻がどのくらいを経てそこに馴染めるかということである。

言葉での訴えができないし、何を思っているのかも分からないのだが、ベッドに横たわって見上げる目の動きから、時には不安を読み取ることができる気がしている。

優しく声をかけてくる、看護師の声が分かるのか、ユマニチュードよろしく手を添えてくる優しさが分かるのかは、定かではないが妻の微笑みに出会うことがある。

精一杯の感謝を表す妻の微笑返しだと思うことであった。

寝たきりの妻の「く」の字の膝を揉むせめて「へ」の字へなれとなお揉む

寝たっきりになってしまった妻は、自力で身体を動かすことができない。寝返りは勿論、車椅子への乗り降りは介護士の介添えがなければできない状態である。

若いころから、大きな病気もせず、友達とミニバレーに興じていた妻のいまが信じられない。運転免許を取らなかったので、ちょっと離れていても新聞の折込みに気に入った物でも見つけようものなら、開店の時間には、自転車を飛ばしてたどり着いていた。

庭先に小さな畑がある。家庭菜園として季節の折々の野菜を作っていたが、花作りに興味を持つ妻にとっては、花作りが一番の楽しみだったようだ。

雨の日には、室内に備えてある自転車を漕いで、足腰を鍛えていたから、至って元気であった。

一度山登りに誘ったことがある。それが余程気に入ったのか、紅葉の時期や新緑のころには、気がはやるのか、登山をせがんできたものだ。

九重連山のミヤマキリシマの時期に、牧ノ戸峠から縦走で久住山に登り、法華院温泉に一泊して、翌日には天が池コースで下山したことがある。妻の疲れた様子を見たことがない。行き帰りの車で寝るわけでもない。やれお茶はいらないか、チョコレートは食べないかと、甲斐甲斐しく声をかけてくる。そんな元気だったころの妻の姿は、もういまはどこにもない。

歩かないと、足腰が急に弱ってくる。ご多分に漏れず、いまの妻がそんな状態にある。曲がったままの膝は、もう伸びようとはしない。「く」の字の膝はますます伸びなくなってきた。せめて「く」の字の膝を「へ」の字にまでは戻してやりたいものと、揉んだり擦ったりするのだが、なかなか伸びようとはしない。

無理をしすぎると、さすがに痛いのか顔を顰めて、睨みつけてくる。そんな嫌がる寸前の顔になるまで、根気よく揉み解す。どれだけの効果が現れるのか、自信はない。

　すねた目で見つめられれば去りがたく帰りかけてはまた座り込む
　目底に「もう帰るの」と滲んでる座り直して手を揉み擦る

いい加減この程度にしておかないと、これ以上嫌われてはいけないと思って、止めると足揉みはもういいから、まだ帰るなと目が訴えかけてくる。立ち去り難い一瞬である。

「さあおいで　温もったよ」と妻を呼ぶあんな昔が嗚呼懐かしい

寒いところで育った割には、妻はとても寒がり屋である。寝る前に布団の中に電気行火を入れて、いい加減温もってからでないと寝ようとはしない。

風呂に入る前に、布団に行火を入れているのをよく見かけたものだ。股火鉢よろしくその行火を股に挟み込んで寝ている姿は、いつまで経っても子供然としていた。

なのに、湯たんぽを使うのを見たことはない。何故なのかは分からない。そのことを聞いたこともない。あるいは肋骨のようなあの凹凸が嫌だったのかもしれないと勝手に想像してみることであった。

妻の湯たんぽ代わりも随分したものだ。やましいこころを抱いて、一足先に寝床についてから、「温もったよ」と妻を呼ぶ。人肌の温もりには、なんとも言えない暖かさがある。冬の寒いときでも羽毛布団はすぐに温まる。親鳥のそばに寄ってくる雛のように、冷たい足をくっつけてくるが、なんとも憎めない仕草である。

妻の寝つきはとても早い。ちょっとじゃれ合っていたかと思うと、いつの間にか深い眠りについている。

可愛らしい寝顔を覗き込んでいると、あられもないことを想像していたずらをしてみたくなるが、何の反応も示さない。淡白なところがなんとも可愛らしい。時にはもっと貪欲であって欲しいと思うこともあるくらいだ。

今、何も分からなくなって、病院のベッドに横たわっている妻は、何を考えているのだろう。ひとり寝の布団は、冷たくはないだろうか。自分の体温だけで、布団を温めることができているのだろうか。余計なことばかりが頭を駆け巡る。

添い寝などもうしてやれないと病室のベッドの妻と無言で語る
いま一度なろうことならいま一度褥をともに一夜をいたい
なにもかも自分でやろうとした介護潰れてハグさえできなくなった

よる年波ばかりではない。人生百年時代と言われだして久しいが、心臓を患ってからというもの、物事に執着心がなくなってしまった気がしてならない。憎まれっ子世に憚るなどと、強がりを言っていたのだが、先がそう長くないのではないかと不安が先に立って仕様がない。

なにやしらきょうも忘れてきたような妻の枕辺探しにいこか

目と目を見詰め合って語りかける。会話はないがそれだけで、意思の疎通はできていると思う。長いことそうしてきているから、間違いはないはずだ。

失語症の妻から発せられる言葉はない。言葉はないが、語りかけてくる目の動きや、その輝きで、妻の言わんとしていることが何なのか、分かったつもりでいる。

毎日が同じことの繰り返しである。それでも飽きることはない。身振り手振りで懸命に語りかける姿が、妻にどう映っているのかはわからない。

実際、喜んでいるのか、相変わらず馬鹿げたことをして、みっともない事はしないでよと言っているのかは分からない。

胃ろうで三食の食事をしている妻が、今一番食べたいと思っているものが、何なのかは分からない。仮に何かを食べたいと思っていたとしても、それをやるわけにはいかない。

ベッドの脇に座っていて、退屈しのぎに飴などを舐めるわけにもいかない。妻は動く口元を見て、きっと欲しがると思う。夏場は、塩飴を舐めることを習慣にしていたから、食べることも、舐めることもできない妻の枕元で、そんなことをしようものなら、ペナルティーものだ。

取り立てて、変化のある違ったことをしてみせるユーモアの持ち合わせはない。身についたものがないのである。我ながら実に貧相だと反省することしきりである。

夕暮れが近くなると、やおら帰る仕度を始める。大したことではない。風呂上りの着替えを持って帰るぐらいのことだ。

そわそわし始めるその動きが、妻にもわかるらしい。そっぽを向いて、知らん振りをしているように見える。それは妻のささやかな抵抗なのだろう。

いつものことだから、あまり気に掛けないことにしているが、帰り際の雰囲気が悪いままだと、そのことが尾を引いて、後味が悪い。

家へ帰った後も、いつまでも何かが咽喉の奥に詰まった感じだ。ああしてやれば良かった、こうしてやれば良かったと思い悩んで、なかなか寝つかれない。

唾さえも嚥下できずに咽びいる妻の難儀をただみつめいる

唾を飲み込もうとして、咽ぶときがある。何をしたということもないのにである。そのことを、ただ加齢のためだから仕方がないとは思いたくない。気管支に入った唾液は、しつっこく攻めまくってくる。

変なところに入り込んだ唾液のために、咳で咽びかえってしまう。その辛さといったら尋常ではない。

健常者のわれわれでさえ、嫌な思いをするのだから、何かの患いがある人の苦しみは、そりゃあ、大変なことに違いない。

吐き出すこともできないし、口から流れ出ている唾液を拭き取ることさえできない人は、どんな思いで耐えているのだろうか。

風邪を引いて、咳のために咽んでいるといった様子でもない。咽喉の奥から出てくる、どうしようもない魔物と戦っているといった感じに見える。

傍にいてそのことに気付いていても、何をしてやればいいのか、どうすればその苦しみから解放してやることができるのか、遭遇するたびに悩み、迷ってしまう。

背中を擦ってみたり、口蓋に掌を当てて撫でてみるが治まる様子はない。苦しそうな顔をして、助けてくださいと訴えかけてくる。

最近こうしたことに出くわすことが多くなったようである。管入食となって、口から食べたり飲んだりすることがなくなったからといって、唾液が湧かないのだろうということでもなさそうだ。

思考回線が途絶えてしまった妻は、飲食の場面を想像することはできないだろうし、そうだとすれば口の中に唾液が出てくること自体がないのではないか。

箸の先に梅干の果肉をつけて、唇に当ててみたら、酸っぱい顔をして唾をごくんと飲み込む仕草が見られるだろうか。

人の口の中には、一晩のうちで何億という菌が培養されて、それが体中を駆け巡るらしい。口中の掃除を欠かしてはならない理由がここにあるらしい。

面倒くさくて、歯磨きをいい加減に終わらしてしまうことがある。歯の病気を誘発するだけで終わるものではないそうだ。考えられない病気に繋がっていく可能性だってあると聞いて驚いた。

傍で見ている妻のこの苦しげな咽びが、ある日突然にでもいい、消えてなくなればこんなに嬉しいことはないのだが……。

怒ってるいや求めてるわが助け口腔ケアを受けし妻の目

妻は口からものを食べられなくなって、五年以上になる。胃ろうで食事を摂っているのであるが、なんとも味気のないことであろう。嚥下がまったくできず、口の中に食べ物は入らない。

唾液を飲み込むことさえも、傍で見ているとひと苦労のようである。よだれが流れて出ているところを見ると、口の中の湿りはあるのであろう。

梅干を見ただけで、酸っぱくなって、唾が出てくるが、いまの妻の状態はどうなんろう。そんな反応があるのだろうか。記憶がなくなっているのだから、梅干が何なのかさえ分からないのだろうか。一度試してみようかとも思うが、そんなことをしてみて、何の意味があるのか。そんな人格を傷つけるようなことは、してはならない気もする。

口腔ケアは朝食のあと、しばらく経ってやってもらえるらしく、妻の元へ出かけていったころがその時間帯のようだ。担当の看護師がなだめすかしして、口を開けようとしているところに出くわすことがある。

チラッと妻の視界に入った途端、助けを求めてくる感じの目を向けてくる。

「この嫌なことから解放してくださいよ。毎日のこのことが、嫌で嫌でなりません。口から食べないのだから、口の中が汚れることもないでしょう。歯磨きをする必要はないはずです。磨いてくれる看護師さんだって大変だと思いますよ。ああ、嫌だ、嫌だ」

口腔ケアの時間帯に出くわすと、憐れっぽく訴えかけてくる妻の目に遭遇してしまう。

最近はそうした時間を避けて行くことにしている。傍にいてもなんの助けにもならない、つまらない人だと思われたくないからでもある。

そこにいて看させてくれているだけできみのベッドは金の箱舟

病院で寝たきりの妻のベッドは、畳一畳の広さである。ベッドの大きさはどこでも同じだろうし、あれで広くもなければ狭くもないのだろう。寝返りを打ったからといって転げ落ちるものでもなさそうだ。

人間に必要な空間は、起きて半畳寝て一畳というように、最低限でもこれだけはどうしても必要である。妻が寝たきりになってから何年になるのだろう。狭いようで、丁度いいようにも見えるその空間で、愚痴も言わずに耐えている妻の心境を推し量ると、不憫でならない。

家を建ててから、四十一年になる。途中に耐震工事で補強したり、壁の塗り替えをしたりして、かなりのリフォームをしてきた。当時有り合わせの金で建てた家だから、棟梁にああして欲しい、こうして欲しいという注文はできなかった。

二階建てで、二階の部屋は子供にそれぞれあてがったが、肝心の妻の部屋がどこにもない。台所と隣り合わせの居間を、自分の居城と思っていたのかもしれないが、もっともらしい部屋が欲しいと思ったことはなかったのだろうか。

草月流の師範免状を持つ妻は、あるいは教室を持ちたかったのではないかと思う。そんなことを聞いたことは一度もなかったが、活花の稽古は怠らなかったようである。

茶室のような粋な部屋を作ることはできないにしても、活花教室の部屋をいつかは作って、妻に喜んでもらおうと、秘かに考えたものだが、それにはもう遅い。妻はそんな状態にはないのである。

回り廊下があって、その先には障子越しに、庭石がでんと座っているのが見える。なんと風情のある光景であろう。そんな部屋が今でも欲しい。妻には是非に必要な部屋だと思う。

一畳のベッドで我慢している姿がなんともいとおしくてならない。いまだに叶わない夢を、出来ることならいつかは叶えてやりたいと思っている。

夢は無限に広がっていく。妻が今こうして、横たわっているこのベッドは、それまでの金の箱舟なのかもしれない。

妻はきょう喜寿を迎える病室に娘から孫からブーケが届く

しきたりという訳ではないが、わが家では、家族のだれかの誕生日だとか、結婚記念日には、みんなで祝うことにしている。いつのころからそうなったのかは定かではない。世間の慣わしに従って、母の日や父の日にも孫達からの祝い物が届く。大抵前もって何が欲しいか打診があるが、何も聞いてこないから、今回は忘れているのだろうと、思っていると、いつものように届け物が来る。最近は、なにが欲しいか聞いてこずに、思いがけないものが届けられたりして、そのほうがかえって嬉しいものだ。

入院したままの妻がことしは喜寿だなんて、分かっちゃいないだろうと思っていたが、なんとなんときれいに飾られたブーケが届いているではないか。枕もとの整理棚は花でいっぱいになり、注入食の置き場でもあるそこは、百花繚乱の様相を呈している。看護師にとっては邪魔なのだろうが、苦情を聞いたことがない。

四人部屋のそれぞれのところに、飾り物が届いており、いつ見ても明るい感じを呈している。どこの家族もそうした気配りに努めているのだろうと、いつ行っても感じることだ。

五人の孫達からは、修学旅行の土産が届く。ある時期までは菓子類がその大半であったが、入院先の妻には、置物がその大半を占めるようになった。


病室の枕辺にある鯱鉾も五重塔も孫らのみやげ

名古屋ドームで野球の試合があったといって、一番上の孫からは名古屋城の鯱鉾が届いていた。関西方面が行き先だったという、二女のところの孫は、京都の五重塔の印象が強かったと見えて、その置物が届いていた。

限られた小遣いの中からよくもまあ、気がつくものよと感心することしきりであった。

サングラス　粋なシャッポの妻に声「マダムお出かけ?」われはパトロン

いま妻が、二年前から入所してお世話になっている介護老人施設は、自宅からそう遠くないところにあって、以前通っていた三股の大悟病院からすると、時間に余裕ができて助かっている。一切の面倒を見てもらえるし、あれこれの気遣いから解放されただけでも助かっている。天気のいい日には、一時間の外出許可をもらって、このために買った介護車に乗せ、自宅周辺の散歩に出かける。

妻はセンスが良く、ファッションに長けていた。入所してからもそうしたものをそのまま着こなしているが、それはなかなか堂に入っている。

粋なサングラスをかけて、お気に入りだった藤色の鍔広ろの帽子をかぶると、以前の元気な姿そのままが再現される。にっこり笑って「さあ、出かけよう」と喜ぶさまが彷彿と見て取れる。

車椅子に乗せてもらうと、出かけることが分かるのか、笑顔が見られる。からだ全身に力が入り、散歩モードに切り替わる。

廊下を行く妻に、大向こうのあちこちから声がかかる。「あら、マダムかっこいい、お出かけ?」何のことはない、パトロンは、最近急に老け込んだ、この老いぼれ旦那なのである。不釣合いかもしれない二人への冷やかしが、これまた楽しいときなのだ。

僅かに一時間の車での散歩だが、すれ違う大型ダンプに目を見張り、立ち寄った知人宅では、目を見開いて見つめ合い、うれしそうな表情が見て取れる。

パトロンにとっての充実した時間がこの瞬間で、このためにこそ健康維持に努めなければならないと思っている。

白魚のそれより白き看護師の指を見つむる視姦といわむ

担当の看護師がいて、そこに入院している間は、その看護師が窓口になって、いろいろ世話をしてくれる。毎日の介護や看護は、その日によって当番の看護師や介護士が面倒を見てくれるのである。妻は一年近くお世話になっている。そこに通い尽くめで大勢の看護師や介護士に接する機会があるのだが、その人達のすべてを覚えきることは出来ずにいる。

気安く話しかけられる人もいれば、そうなるまでにはかなりの努力をしなければ、思うようにはいかない人もいる。人それぞれに様々な特徴があるようだ。

それにしても傍から見ているだけでも、大変な仕事だと思う。職場だけではなく、家庭のある人もいるだろうに、ひとつの身体でよく勤まるものだと感心することしきりである。

介護士に男性がいるのは承知していたが、看護師にも男性がいることをはじめて知ったことは意外であった。

それにしても、皆さんはなんときれいな手をしていることだろう！　それはまるで白魚のようで、白いことこの上なしといった手をしている。

漢字で書いてシロウオとも読むし、シラウオとも読むが、両者には少しばかりの違いがあるそうだ。

シラウオは、海水と淡水が交じり合う辺りの、いわゆる汽水域に生息していて、満潮時にのぼりに仕掛けた網で掬い上げるらしい。宍道湖では、一月から三月がその最盛期で夕方から朝四時ごろまでの漁で、三百グラムが四五〇〇円もするらしい。シラウオは卵とじにして食べるとうまいらしいが、まだ食したことはない。

生きたままを酢醤油で食べる踊り食いをするのは、シロウオのほうで、刺身で食べたのでは苦味があるという。だから酢で殺して食べるのかもしれない。残酷な食べようだ。

シラウオの全国の漁獲量の五分の一は宍道湖で獲れるらしい。なんでも、そこには餌となるコペポーダというプランクトンが大量に発生しているからだと聞いたことがある。

横道にそれてしまったが、兎に角、彼女達の指の白さといったらそりゃもう、目を射るものがある。指だけではない、腕のところまでが透き通るような白さである。

一体、彼女達は家にいて、炊事や洗濯をするのだろうか、ましてや畑いじりなんぞは一度もやったことなどないのだろう。それはそれは、ぞくっとするような艶めかしさである。

触ってみたい衝動に駆られるほどの白さである。そんなことでもしようものなら、セクハラもいいところで、病院への出入り禁止になること間違いなしである。

よほど見とれていたのであろう

あんたこの看護師さんが好きでしょう　あんたを見てるとだれかはわかる

そんな妻の叱責が聞こえた感じがして、ハッとわれにかえった不謹慎な一日ではあった。

伸びしろはまだあるはずだこの介護これまでのこと　これからのこと

妻の認知症が、難病認定の前頭葉側頭葉変性症認知症とわかったのは、熊本大学の診察を受診してからのことである。様子がおかしくなってから、すでに十年を経過していた。

当時、認知症医療疾患センターは全国で山形県と熊本県にだけしか設置されていないということであった。宮崎県はまだ準備の段階で、早い設置が待たれた。それでもその専門医は宮崎県にもいるということで、熊本大学の紹介でお世話になることになったのが大悟病院の三山先生であった。

妻に認知症の症状が現れ始めたのは、二十年も前のことになる。最初のころは、ふさぎ込むことが多くて見た感じ、うつ病ではないかと疑う程度だった。近所の方から、挨拶をしたら「どちらさまですか」と言われましたが、奥さん変わったことありませんかと言うのである。

そんな馬鹿なと思いながら、気をつけてみていると様子がおかしい。食事は三六五日、同じものしか食べないし、朝は七時に、昼は十一時、夕方は夏冬関係なしに午後四時に食事をするのである。こっちもそれに付き合わされるから、たまったものではない。夏場の夕食の四時には参って、止めてくれと言ったが、分かってもらえなかったし、そのことが、変わるものではなかった。この認知症の特徴は、常同行動といって決まった時間に決まったことしかしないと言うものであった。三六五日朝昼晩決まった時間に、同じものしか食べない。よく身体が持つものだと思ったくらいである。

温泉に入るのが好きだった妻には、決まって火曜日には青井岳温泉へ行くことを強いられた。雨が降ってても、台風が近づいている天気予報でも、おかまいなしに温泉行きをせがまれる。どうせ車を走らせるのなら、もっと気持ちよく付き合ってやらなかったのかと、今にして悔やまれることであった。

買い物はその最たるもので、新聞のチラシで気に入ったものを見つけようものなら、こっちが何をしていようとも、そのことは止めにして、即座に車を出さないと、まとわり付いてきてしつっこくせがまれるのであった。

妻の病気の特徴が、そうなんだと早くに理解がいってれば、気持ちよく対応していたであろうに、叱ったり怒鳴ったりして、妻に嫌な思いをさせずに済んだものをと、悔やまれて仕方がない。

妻のお抱え運転手ではないんだぞと、腹を立ててみたり何でこんな時間に食事なのかと文句を言ったりしていた自分が、だんだんと惨めに見え出して、「ああ、いかん。なんでもっと優しくしてやれないのか」と反省することしきりである。

そんなことから、施設でお世話になっている妻の元へ通うことで、少しでも罪滅ぼしをしなければと後悔しているのである。ベッドの傍にいて、手足を揉ませてもらいながら、顔色を窺いながら

「ありがとう」って呟く毎日が流れている。

駄目だよなあ妻のおむつを替えながら嘔吐している修行が足りぬ

どんなことがあっても妻の面倒は、自宅で看ていくと決めていた。本人も自宅から離れるなんてことは、おそらく考えてもいなかったであろうと思う。

食事はまだ自分で、ちゃんと口へもっていくことが出来るし、咀嚼だってちゃんと出来ていたのだから。

ところが、ある日突然という感じで、嚥下、つまり呑み込むことができなくなったのである。彼女の認知症は、常同行動が特徴で決まった時間に食事はする、まだ日が高いというのに床につくといった具合に、杓子定規で計ったような生活であった。

五年前の、年の瀬も迫った天皇誕生日の祝日に、一緒に朝食をしていたが、一向に呑み込む様子がないままに、口へ入れたものをそのまま吐き出してしまった。

当番医以外は休みである。どうしたものかと思案にくれ、世話になっているディケアへ相談したところ、とりあえず年末は面倒をみていただけることになった。ところが、口からは何にも食べられず、点滴だけで一週間が過ぎた。

年が明け、かかりつけの病院で診察を受けたところ、即入院して、食事は鼻からの注入か胃ろう以外にはないということだった。いわゆる延命行為である。考えたこともなかったし、鼻に管を差し込んで食事をしている姿なんて想像したこともなかった。

こんなことになるなんて、思いもしなかったし、二人のあいだはおろか、娘達と話し合ったこともない。

はたして妻が、そんな姿で食事をするなんて神も仏もないものかと、悲嘆にくれた。妻だってそんな姿を人に見られたくはないだろう。だからと言って、鼻からの注入食もせず、胃ろうも断る権利はだれにもないはずだ。

食事は口から摂るものだとの思いを打ち消すことが出来ず、口に近い鼻からの注入食に頼りきっていたが、感染症に罹り、宮崎大学病院に転院しての検査の結果、それは鼻から注入食をとることでの細菌感染だろうということになった。

この状態だと、体力はつかないし、弱る一方だとの主治医の説明で胃ろうに踏み切ることにした。

妻の状態も落ち着き、その年の正月には三泊四日の外泊が許可された。注入食からおむつの取替えまで一人でやることになった。自宅で面倒を看ていたころは、なんの抵抗もなかったことが、病院に入院して一切の面倒を看てもらえるようになってからは、おむつの交換からも解放されていた。

帰宅時に注意事項としておむつの交換は、十四時、十九時、三時、九時に行うよう指示された。

最初の一日はどうにかうまくいっていたが、二日目になると、もう限界だと感じることになってしまった。

げに、自宅介護の難しさを嫌というほど味わった正月の一時帰宅ではあった。

免許証返納どころか妻のため八十のいま介護車を買う

あちこちでお年寄りの交通事故が報じられている。そのほとんどが常識では考えられないような事故ばかりである。高速道路を逆走してみたり、歩道を走行車線と勘違いして走り、重大事故を起こしたり、アクセルとブレーキを踏み違えて、歩道を乗り越えて店舗に突っ込んだとか、恐ろしい事故ばかりが起きている。

こんな事故の裏には、高齢者の免許証所持の問題があるのも事実である。長年に亘って車に乗っていると、その便利さから、なかなか抜け出すことができない。

足腰が弱ってくると、近くへのちょっとした買い物でさえ、歩いていくのが億劫になり、つい、車で出かけてしまう。

高齢者の仲間入りをして、久しくなる。ぼつぼつ免許証の返納を考えなければと思いながら、なかなか踏ん切りがつかずにいる。

いま妻を入院させている先が、都城の認知症専門の病院なので、そこに行くためには車を走らせなければならない。片道一時間の道のりを走るのは、苦痛ではないが一日の休みもなく走っていると、さすがに疲れを感じることがある。

加えて、担当の主治医から「ここにいて、これ以上の治療はこの先ありません。どこかの介護施設に移りませんか」と言われたときには、さすがにショックを受けた。完治することはないと腹を括ってはいたが、頭をハンマーで殴られたようなショックであった。

一年ごとの難病の更新手続きが必要で、その際の診察や、三ヶ月おきの定期的な診察は受けなければならない。居住地近くの専門医を紹介していただけると言うことであったが、長年面倒を見ていただいた先が一番だと思っているし、今後もそうしたいと思っていた。

その時々に介護タクシーを頼んで都城まで走るよりも、ここは車を介護車に買い替えて、走るほうが何ぼか得策だとの思いに至った。

宮崎の自動車販売会社には、介護車の展示がなく、福岡に手ごろな車があるとわかり、そこまで見に行くことになった。助手席が回転式で、乗降の操作もリモコンだけでなんの力も要らない。これなら、メカ音痴にとってなんの心配も要らない。

本来なら、免許証返納の歳なのだが、今回の車の購入に関しては、二人の娘達も反対はしなかった。

いま妻が入所しているところは、自宅の近くにあり、水曜日のベッドのシーツ交換のときには、その時間帯に外出許可をもらい、その介護車に乗せて自宅周辺を走らせる。

喜んでいるように見える妻の顔を覗き込んでいると、車を買い替えて正解だったとつくづく思うことであった。

音程の狂ったわれの子守唄きみの笑顔が見たくて歌う

妻が世話になっている施設に行き、ベッドの脇に座って日がな一日何をするでもなく、一日が過ぎていく。

そんな毎日の繰り返しでも、顔を覗き込んでいる、今にも泣き出しそうな男の顔を不思議そうに見返してくる妻の目に出合ったときは、ことのほか嬉しい。

娘達二人に買ってやったピアノが、二人が嫁いだ後も、わが家に置いたままにしてある。ときどき妻が弾いていたが、いつ聞いてもそれは童謡であった。「ぞうさん」から始まって、「ふるさと」で終わるまでの十五曲は、いつものパターンであった。全曲を弾き終えないと終わりにはならなかった。

童謡以外の歌は、聞いたことがない。歌謡曲なんかは、知らないのではないかと思うほど歌うのを聞いたことがない。

そんな妻だが、ただの一度だが、「馬鹿にしないでよ」と口ずさんでいるのを聞いたことがある。

何のことだったのかは記憶にないが、よほど腹に据えかねたのであろう、妻の口からそんな歌が飛び出していたことがある。

「飯はまだね、遅いことはだれにもできるよ」なんて言われての腹いせの歌だったのではないかとも思う。彼女の童謡以外の歌を聞いたのは、それが初めてで最後であった。

よく人がストレス解消にカラオケに行くと言うのを聞く。それは歌うのがもともと好きだからできるのではないかと思う。

ただの一度もカラオケに行って憂さ晴らしをしたいと思ったことはない。そんなことでもしようものなら、かえってストレスを抱え込むようなものだ。

そんな自分が、妻の前では恥も外聞もなく、童謡を口ずさんでいるのだから驚きである。

歌謡曲、それも演歌なら何曲かは口ずさむことは出来るが、人前で聞かせるほどに上手なほうではない。

忘年会や送別会などで、決め事のようにカラオケが組み込まれているが、あれほど不愉快なものはない。好きなものだけが歌えばいいものを、突然マイクが回ってきそうな雰囲気を感じると、用足しの振りをして、宴たけなわの時でも途中で帰ってしまうほど気に入らないことのひとつである。

ことほど左様に人前で歌など口ずさんだことのない自分が、妻の枕元で口ずさむのだからわれながら驚きである。ほんのちょっとでもいい、妻の笑顔を楽しみに頑張っている自分に夢中になれる。

笑わせる笑ってもらうそのために毎日通うが打率は低い

三六五日毎日が同じことの繰り返しだが、妻を看ていくこの介護だけは、何があっても止めるわけにはいかない。この先、何年続こうが、たとえ病に倒れても這ってでも妻の元へ行く覚悟はできている。

こんなことを言えば、格好よく聞こえるかもしれないが、心臓の患いが分かってからは、とんと弱気になったのも事実である。

何をするにも飽きっぽく、取り掛かるまでになかなか腰が上がらない。腰が上がったにしても、すぐに途中で止めてしまう有様だ。結構気は長いほうだったと思うが、最近は諦めのほうが早くて、始末が悪い。

完全にやり遂げたことは、最近では皆無に等しい。そのことを納得しているのなら、いいのだが、いつまでもうじうじしているから、救いようがない。

いろいろと計画は練ってみるのだが、実行に移されたことは先ずない。どうせやっても駄目だろうという気ばかりが先に立って、物事の完成を見ない。

年々笑いがなくなっていく妻の笑いを、留めておくにはどうしたらいいのか。いろいろ策を講じてみるのだが、妙案は浮かばない。

妻にまだ、微笑返しがあるうちは、見よう見まねのひょっとこ踊りを踊って見せて、笑いを誘ったり、ピエロを真似て、おどけたりしてみたものだが、自分の体力も峠を越した感じがしてきて、そんな仕草に挑戦することもなくなってしまった。

これしきのことで負けてはいられない妻看ることはわれの天命
鬚をなで髭をさすりて窺えばかすかに妻の笑みこぼれみゆ

プロ野球も終盤に差し掛かってきた。首位打者がどうだ、投手の勝ち星がどうだのとかまびすしい限りだが、妻の面倒見で、彼女の笑いを引き出す打率は相変わらず低いままだ。

きょうはまずまずだった。あしたこそ、もっともっと笑いを誘い出そうと策を練るが、その努力の甲斐もなかなかにあがらない。気ばかりが焦ってどうしようもない。だが、諦めるわけにはいかない現実が待っている。

潮時をつかめずベッドの脇にいる釣瓶落としの秋の夕暮れ

何をするでもない。ただ妻の入院先へ行き、ベッドの脇に座って返事がないことを承知の上で、そこにいるだけのことである。時たま手を揉んだり足を擦ったりするだけのことだが、われながらよく続くものだと思う。

こんなことの繰り返しで、おおかた四年になるが、一日たりとも欠かしたことはない。と言うよりも、そうすることが使命だと思っている。

雨の日も風の日も、台風の予報が出ていても挫けることはない、抗うように出かけていく自分が化け物に思えることがある。

入院先の三股と言うところは、都城盆地の中にあり、夏は気温が高くて熱さが厳しいし、冬は逆に底冷えのする寒さである。

居を構えている宮崎とは、5℃も違う寒さである。家を出かけるときに、0℃であっても、途中温度がさがっていき、約一時間かけて走った車の中も、病院に着いたときには氷点下5℃にまで下がっていることがある。

病院は、三股の市街地の北に位置していて、小高い丘の上にあり、西には雄大な霧島連山を眺めることができ、遠くには都城の市街地が望める。

周囲は木々に囲まれ、六階建ての白亜の殿堂といった感じで、近くには家畜用の飼料が植えられていたり、季節ごとの野菜が栽培されていて、結構目の保養になる。


楠の葉にクスのさみどり椎の葉にしいのさ緑耀うひかり

都城は、地形状落雷の多いところで、あっという間に黒雲に覆われたかと思うと、稲光と同時に雷鳴がとどろいて、近くのどこかに落ちている。

そんな夏が過ぎると一気に秋である。病院の周囲の櫨やうるしの紅葉が始まると、すっかり秋の気配である。秋はいつになってももの悲しい。日一日と日暮れが早まってくる。

夏場と比べると、二時間は日暮れが早い感じがする。そろそろ帰らなければと思いながら、なかなかその潮時をつかめずに、ベッドの脇に座ったままでいる。

なんにも分からないはずの妻なのだが、帰りが近くなってくると、なかなか目を閉じようとしない。いままで眠っていたはずなのに、なぜなのかは分からない。

話しかけ手を揉み足を擦りして暮るるひと日は短く長し

妻を喜ばせる特別な話題がある訳ではない。つい、帰りそびれてしまって、また座り込む。手を揉み足を擦りしていると、目をつぶるから、ころあいを見計らってこっそり病室を後にすることが習慣となってしまった。

「帰るよ」と声をかくれば病室の妻はふりする　寝たふりをする

最初に通っていたデイケアでは、会話も出来ていたし、当時の主治医から「一日に三人以上の人と会話をしなさい。それがあなたの薬です」と言われて執拗にそのことを実行していた。そのうちに人の話が理解できないと言って、勝手に止めてしまった。しばらくは家で面倒を見ていたが、一日中顔を突き合わせていると、さすがに息苦しさを感じ始めたようである。

ケアマネージャーの勧めもあって、紹介されたデイケア先へ行く気になってくれた。面倒を見てくれる時間は短いようだが、家にいて退屈されるよりもずっといい。こっちも大助かりだ。他の利用者の皆さんとも仲良く、楽しくやっていた矢先に起きたのが、あの忌まわしい嚥下不可能事件である。

人はだれでも口からものを食べて、健康を保っているのだが、それができなくなった妻は見ていて可哀想だが、どうしてやることもできない。病院に入院して、面倒を看てもらうほかに方法はない。

宮崎では、三股町にある大悟病院の三山医師が認知症の権威者という紹介で、お世話いただくことになった。自宅からは四十キロの距離に位置していて、車で一時間のところにある。夏も冬も朝六時半に家を出て、夕方は七時過ぎに帰り着く日々が続いた。

病院に行って、取り立てて何をするということでもない。日がな一日妻のベッドの横に座っていて、時おり手や足を揉んだり、擦ったりしてやる以外、してやれることといったら何もない。それでも、そうしてやれることが、いままでの妻への恩返しだと思いたかったのである。いい気なもんだ。眠りから覚めて見つめ返してくる妻の目に出合うときほど嬉しいことはない。それも段々となくなって、最近では、ベッドの脇で情けない顔をして覗き込んでいるのが誰かさえもわからなくなってきているようである。

夏は日没後でも明るいうちに帰り着くが、冬はそうはいかない。点けっぱなしにしている暖房の下で座敷犬のチョコが寂しげにして待っているだけである。

たかが犬一匹の出迎えではあるが、こころ休まるものだ。妻へのアニマルセラピーであったこのチョコが結構癒しになってくれている。ありがたいことである。

夕方の注入食が終わると帰る準備にかかる。なにをするわけでもないが、肩口が冷えないようにバスタオルをかけてやったりするくらいのことだが、そんなことができるうちはありがたいことだと思っている。

さあ、いよいよ帰る段になって、「きょうは帰るよ。またあした来るからね」と言うと、途端に寝たふりをして目をあけようともしない。目を開けるまで辛抱強く待ってみるが、その気配は一向に見えない。病室を出て廊下にかがみこんで中の様子を窺うと、入り口のほうに顔を向けて、目を見開いて凝視しているではないか。こんな別れ際が一番侘しい。

難病と介護を振り分け荷物とし天秤棒を担いでいこう

実に厄介な病気に罹ったものだ。難病だと診断されてから、僅かに二年で今回の発症だから、この後どうなるかが心配だ。

ペースメーカーを入れた後、以前と同じ、いやそれ以上に元気になって、趣味のテニスに興じたり、晩酌も相変わらず続けていると言う友人がいるが、羨ましい限りである。

そのことを不満げに訊ねる僕に、主治医はいつも諭すようにこう言うのだ。「まあ、ゆっくりいきましょうよ。大丈夫です」

「そうだよな、そうするしかないんだよな、なにせ全身性アミロイドーシスという厄介な難病に取り憑かれているのだから」と変に納得してしまうしかないのだ。

実を言うと、ペースメーカーを入れてから大した好転は見られない。脈が六十に設定された分、息苦しさからは解放された感じはするが、以前のような早足で歩いたりしようものなら、すぐに息切れがして、座り込んでしまう有様だ。

こういう状態が続くようだと、今で言う「人生一〇〇年時代」は夢のまた夢に終わってしまうのかもしれない。

ペースメーカーを入れた後は、いつものように妻の元へ飛んでゆき、面倒を看てやれるのだという目算が完全に覆ってしまった。妻の面倒見どころではない。自分のことで精一杯なのだ。だからと言って、妻の介護をおろそかにする訳にはいかない。よしんば以前のような元気さが戻ってこなくても、そこそこ出来ることはあるはずだ。今まで妻の元へ毎日通っていた分、それが何日おきかになっても、顔見せだけでもできるはずだし、そうしてやるべきなのだ。訪ねていく間隔が空いてしまうと、その分忘れられてしまう気がしてならない。

それにしても、妻の入所先を訪ねて部屋に辿り着くまでの、その廊下のなんと長いことか。以前そんなことを感じたことはなかったが、最近は、休み休みしてやっとたどり着く。

妻の手を握り、足を擦ってやるまでに、これまた時間がかかる。ベッドの脇に着くと、丸椅子を取り出して、へたり込んで、息を整えなければならない。こんな惨めな様子はだれにも見られたくないが、怪訝な顔をしている妻のなんといじらしいことか。

これだから、妻の介護は止められないのである。

なにもかもほっぽり出して投げ捨てて介護のことも忘れてみたい

疲れてくると人間弱気が出てきてしまう。しなければならないことはいくらでもあるのに、小人閑居して不善を成すの如しだ。

あれもしなければ、これもしなければ、いい加減終活でも始めるかとは思うが、なかなか取り掛かれずにいる。

あれだけきれい好きで、どの部屋もきれいに片づけができていたのに、最近の部屋の散らかしようったら、どの部屋も足の踏み場がないほどの散らかりようである。

すっかり体力が落ちてしまって、自宅周辺の散歩すら容易ではない。二階へあがることすらままならず、ほとんどが二階に置いたままの状態で、季節の変わり目には娘達に手伝ってもらって、着るものの取替えをしなければならない。

憎まれっ子世に憚ると冗談まじりに言っていたことが、なにやらむなしく響くようになってきた。元気印の小さな巨人もこうなると、ただの老人でしかない。

自分の身の回りのことさえできない自分が、歯がゆくて仕方がない。こんな自分を想像したこともなかったから、なお一層のことである。

庭の草の伸びようったら、尋常ではない。伸びるとすぐに刈り込まれていた、その反動か、所かまわず芽を出した草があたり一面を覆い尽くしてしまう有様だ。

シルバー人材に頼んでみたら、この時期手一杯の状態で、すぐには取り掛かれないという。草取りや庭仕事なんかは、興味がないとなかなかできるものではない。娘や孫達にはとても無理な話で、頼めそうにない。

窓越しに眺めていても始まらない。下駄を突っかけて、二、三本草引きをしてみる。途端に藪蚊が寄ってきて、所かまわず刺しまくる。部屋に逃げ込んで対策を練るが、妙案は浮かばない。気にはなってもほおって置く以外に方法はない。

一事が万事、やることにリズムがなく、何をしても捗らない。途中で止めてしまうくらいなら、最初からやらないほうがいいのではないか。

とはいえ、妻の面倒見だけはそうはいかない。いつまで続くかわからないこの介護だけは、欠かすわけにはいかない。

欠かすことのできないその介護でさえ、最近は出来なくなってしまっている。車に乗ることを娘達に止められて、介護車は車庫に眠ったままでいる。折角購入した車が、こんな状態だから哀れなものだ。

万事が行きづまりだと思うと、やる気も失せて、ただただ横になること以外は考えが及ばない。

もう駄目だいやまだ駄目だまだまだだ駄目だと思うこころが駄目だ
もう駄目だもうこれ以上きみのこと看てはいけない不遜なこころ

なんとも情けないことに取り憑かれたものよ、哀れなるかな、この貧しきこころ。

自転車を妻のもとへと漕いでいく気力　体力保たんがため

妻がいま入所している老人介護保健施設は、家から三キロちょっとの所にある。天気のよい日には、努めて自転車で行くことにしている。

妻が元気なころは、ひとりで家に置いていても外へ出て徘徊をするようなこともなかったので、安心して留守にすることができた。

明け方には一時間ほどウォーキングをして、足腰が弱らないように気をつけてはいた。さすがに雨の日はやらなかったが、それは夏冬関係なく続けていた。

途中、樹齢八〇〇年という大楠が聳え立っている船引神社に立ち寄り、付近にだれもいないときなどは、神社の床下から箒を引っ張り出して境内を掃いたりしたものである。

人間は、何もしないでいると確実に足腰が弱る。近くに町の社会福祉協議会があって、そこにはいろいろな器具が備えてあるジムがある。二年ほどそこへ筋トレに通ったことがある。

そこの係の人に褒められたことがある。それは、どの器具にも年齢の割には高い数値が出ているということであった。自分でも無理をしている感じはなくて、かなりの適応性があるのかなと思ったことであった。

妻が患ってからは、筋トレに通うこともなくなった。ウォーキングも止めざるを得なくなった。健康を保つ術をなくしたと言ったほうがいいかもしれない。

そこで始めたのが、今回の自転車利用である。施設までにはちょっとした坂道があるが、高校生でもそこをのぼるには苦労しているように見える。実際、自転車を漕いでみると、かなり息切れがしてくる。心臓に疾患があると診断されてからは、一層疲労を感じるようになった気がする。

坂道を避けて少し遠回りにはなるが、平場を行くとさほどきつくないので、いまはそのコースを行くことにしている。

結構、交通量が多いので、気をつけてはいる。妻の元へつくころには、うっすらと汗をかくほどの運動量である。

なんとなく足腰に元気が戻ってきた感じがする。年齢からすると、これくらいの運動が丁度いいのかもしれない。

つい最近まで、孫が使っていた八段切替えの自転車を譲り受けて乗り回していたが、それもやめて、娘が高校時代に通学に使っていた自転車を乗ることにしている。四十年以上も前に乗っていた代物である。故障でもしようものなら、もう交換できる部品なんぞはないはずだ。それだけに、大事に使っていかねばと思っている。

妻の笑顔を見るためと、健康保持のための自転車乗りがこんなにも心地よいものである限り、止めるわけにはいかない。

カーナビと会話するのは助手席のきみが返事をしてくれぬから

天気のいい日には、助手席に妻を乗せてよくドライブをしたものだ。助手席に座布団を二枚重ねにしてやると、その高さの分、視野が広くなって喜んでくれた。

ちょっとした気配りに大仰な喜びようをしてくれるから、こっちまで嬉しくなる。

行き先を決めて出かけるのではなく、気の向くままに車を走らせたものだ。だが、どこへ行くにも風呂に入る準備だけは怠らなかった。夫婦して温泉大好きだからである。

ただ黙って助手席に座っているのではない。かいがいしく、やれ「お茶を飲みなさい」だの、「飴はいらないか」だの、気配りの権化みたいなものだった。

ドライブに出かけたときの彼女の一番のお気に入りは、CDをかけて童謡を聴くことであった。かけっぱなしにしていると、飽きもせずに聞いてて口ずさんでいる。

ほとんどの童謡は歌えていた様子だった。その名残で、いま入所している施設でも、そのCDはかけさしてもらっている。果たして、聞こえているのか、聴いているのかは疑問なのだが。

天気のいい日には、車椅子に乗せてもらって、施設の庭を散歩することにしている。寝たきりだと、身体が固まってしまうからそうしているのだが、気分がいい日には笑顔が出るので、こっちまで嬉しくなる。

妻が施設にお世話になってからは、二人して車を走らせることはなくなってしまったが、週に一度は外へ出る機会がある。ベッドのシーツの交換の日がそれである。一時間の許可を得て、自宅周辺へ車を走らせるが、行き交う車を見ては喜んで、笑みがこぼれる。

近距離にある自宅までのカーナビは必要ではないのだが、点けっ放しだと機械は勝手におしゃべりをする。消してしまえば済むことだが、「黙れ！　シャラップ！」というのもまた楽しみのひとつなのだ。

外出が出来る水曜日は、前日の天気予報に釘付けになる。何をしてても手につかない。そんな時間に電話が鳴っても、どこからの誰かも気にせずに、ただテレビに見入っている。

あとで留守電に入っている伝言を確かめてみても、大したことでないことが多い。その大半が、保険の勧誘であったりするから、それ見たことかとなるのである。

たとえ会話がなくっても、助手席に鎮座している妻と走らせる車は、この世の楽園なのである。

入所者にインフルエンザが出たからと会いに行けないひとりのきみに

妻の入所先から、元日に四時間ほどの帰宅が許された。毎年娘二人の家族も集まって、総勢十二人で新年会をするのが、わが家の慣わしである。

それぞれが分担をして手作りの料理を持ち寄ることにしている。孫達はお年玉と、ビンゴゲームの賞品を楽しみにしてくれているので、暮れのうちからそれをとり揃えるのに、いつものことながら、ひと苦労がある。

妻が施設へ帰る前に、次女の婿がリハビリを施してくれる。彼はなかなかの酒豪であるが、毎年この日は屠蘇以外、一滴も飲まずに我慢してくれている。理学療法士の資格を持つ彼は、強張った妻の身体を揉みほぐすために、飲まずにいてくれるのである。

わが家の一年はこのようにして動きはじめる。

正月三が日の施設は、面会の家族で出入りが多い。施設の玄関には、「風邪気味の人の出入りは遠慮してください」との断りが貼り出してあり、細心の注意がなされている。

それでも正月四日には、心配していたインフルエンザの患者が出てしまった。当然出入りは禁止となり、玄関口で妻の様子を窺って帰ることになった。こういう状態がいつまで続くことになるのかは、だれにも分からない。

三六五日通い尽くめで、冗談めかしに「皆勤賞をあげますよ」と言われてもいた。

年明け早々に、妻の様子をじかに確かめることができなくなった。それでもいつものように出かけて、担当の看護師に状況を聞いてみないと、安心できなかった。

妻の部屋は、南に面した日当たりのいい部屋である。見晴らしがよくて、カーテンを開けて雲の流れを見せたりしていた。風のない穏やかな日には車椅子に乗せてもらい、施設内を散歩したりする。妻もそのことを喜んでいるように見えた。

そんな施設内での妻との毎日が、インフルエンザで出来なくなって二週間近くになる。べそをかいてはいないだろうか、いつもの顔が見えないことで、一層の不安を感じているのではないか。施設に入れないのだから、いっそのこと裏に回りこんで、窓越しに覗いてみるか。そんな不謹慎な考えに捕われたりもする。

二週間ぶりに立ち入り禁止が解除になって、慌てふためいて部屋に行ってみると、顔を見るなり「おーっ」と声を上げて今にも泣き出しそうな顔をする。彼女なりに耐えていたのかと思うと愛おしくなる。

そんなことがあって十日が過ぎたところに、二度目のインフルエンザの患者が出て、またぞろ施設への立ち入りが禁止になってしまった。

弾かれなくなったピアノが調律のあとも妻待ち眠りておりぬ

娘二人の稽古事に、人並みに一応、ピアノだけは備えておかなければと思って家を建てるときに、大工さんに頼んで置き場所の補強をしてもらっていた。

娘達が嫁いだ後もピアノはそこにそのまま置いてあり、妻は家事の一切が終わると、きまってピアノに向き合って弾いていた。

そのほとんどの曲は童謡であり、彼女の頭にインプットされたままが鍵盤に乗るから、音痴の僕でさえ間違いだと思われるところが何箇所もそのまま弾かれていたように思う。

「春の小川」なんぞは、いつ聞いてもスムーズな流れにはならず、その淀みは一向にさらさらとは行かなかった気がする。

ピアノに正対した姿は、実に凛々しくて両手で弾くところなんぞは、その心得があるのかと驚くほどであった。力強く鍵盤を叩くその響きは、隣近所にも届いていたらしく、「奥さんお元気なんですね。ピアノが聞こえていましたよ」とよく声をかけていただいたものである。

妻が入院してからは、ピアノも放置されたままで、それを弾くものは誰もいなくなった。二年に一回、定期的に調律の検査があるが、それが済むとまた、応接室に眠ったままのピアノとなる。

ピアノが錆びついてしまわないように、気晴らしに叩いてみることはあるが、すぐに飽きて止めてしまう。日がな一日、何もすることはないので、もっと真剣に弾いてみたら、少しは上達するかもしれないが、なかなかその気になれずにいる。

ピアノにしても、だれかに弾いてもらいたくて、うずうずしているのかもしれないが、そのことを叶えられずにいる。時たま、孫達が遊びに来て弾くことはあるが、響きのいい音はやっぱり妻が弾くときの音のような気がする。

あるいは、妻がここの家に帰ってきて、そしてこのピアノを弾くことは、もうないことなのかもしれないが、だれよりも妻に弾いてもらいたがっているこのピアノを手放すわけにはいかない。

埃まみれにならないように、黒光りのあの艶が消え失せないように、せめて布拭きだけは続けなければと思っている。

青井岳温泉を訪うその度に「奥さんはどう」ありがたきかな

妻が元気なうちは、週一の割で通っていた温泉だが、ここのところ五年ほどは足が遠ざかっている。妻はいま、三股の大悟病院に入院しているが、そこへ通っていくには、国道269号線を走るから、いつも青井岳温泉を横目にして行くことになる。

病院からの帰りに立ち寄ろうと思えばできることだが、時間に縛られて、それすらもできないでいる。ゆっくり温泉に浸かりたいものだという気は絶えずしている。

妻がまだ元気だったころのことである。湯舟でゆったりしていると、いきなり「奥さんのこと、知ってますか?」と声をかけてくる人がいた。なんの事だかまったく分からない。畳み掛けるようにその人は言葉を繋いだ。「奥さん、溺れかけたんだそうですよ。近くにいたみんなで引き揚げたんだそうです。一週間ぐらい前だったかな」

「それって、どうしてうちの家内なんですか?」「うちんとが、ご主人は髭をおやした（はやした）人じゃがと言ってましたからお宅のことだろうと思って」

びっくりである。いままでに何かがあったってことは聞いたこともない。あわてて裸のまま番台のところにいって、そこにいた女性に質したが、耳にしたこともない様子であった。おそらくその場にいた人達で済ませたことだから、あるいはその後の話題にならなかったのかもしれない。

本当だとしたら大変なことだ。青井岳温泉には家族風呂はない。この先、いままで通りに温泉に行くわけにはいかなくなった。家族風呂探しをしてみたら、山田町の「ゆぽっぽ」にそれがあることが分かり、その後は週一の貸切で入れてもらうことにした。

一時間の貸切なのだが、ものの十分もしないうちにあがると言い出す。石鹸で洗った様子もないし、ちょっとだけ湯に浸かったという感じである。タオルは湯につけてタオル坊主を作って遊んでいる。子供のころの遊びは覚えているらしい。おそらく青井岳でもこんなことだったろうと思われた。

そんな事があって、五年たった今、妻が介護施設に入ってからは、時間に余裕ができ、温泉通いができるようになった。番台は行く度に人は違うが、気安く声かけをしてくれる。「奥さんはその後どうですか?」よほどの人気者だったと見える。なんとありがたいことかと思わずにはいられない。

まだ医師が看護師たちを叱るのを見たことがない　どこへ行っても

若いころは、妻もそうだったが医者通いなんてことはほとんどなかった。還暦を過ぎたころに二人して、申し合わせたように、白内障を患って日帰りでの手術を受けたことがある。先に受けたのが妻だったが、その様子をモニターを通じて見ていたら、怖くなってしばらくは眼科に行くことを止めていた。

新聞の字が読み辛くなって、仕方なく手術を受けたが、こんなに簡単にいくのならもっと早くやってもよかったと思ったぐらいである。

そんな強がりが言えるのも、その後になんの病気にも取り憑かれていないからなのだろう。お陰なことだ。

その後は二人とも至極健康に過ごしていたが、妻の日常生活に少しずつ変化が出始めていた。頭が痛いといって、手拭いをきつく巻きつけて、それでも治まらないのか、頭をがんがん叩いている。こんなことが毎日のように続く。今になって思うのだが、そのころから妻の脳に萎縮が始まっていたのではないかと、素人ながらに思うことであった。

果たせるかな、MRIを撮った結果、海馬が萎縮していて他に前頭葉、側頭葉にも萎縮が見られるという診断結果であった。そこから妻の病院通いが始まるのである。

病院によっては診察までの待ち時間が、とてつもなく長いところがあったりするが、二人とも時間に拘るほうではない。待合室のテレビを見るともなく眺めて、待っているのである。

診察室では、医者の指示に看護師がてきぱきと動く姿が窺える。声を荒げるでもなく、的確な指示に敏捷に動いている。こんな光景はどこの病院でも見られる、極ありふれた事のようだ。

昨今の世の中は、やれパワハラだ、セクハラだと実に喧しい。ボクシング協会の様なんぞは見ていて呆れ返ることばかりだ。小人ほど威張りたがるものなのだろう。そこへいくと医者は泰然としていて、威張り散らしているのを見かけたことがない。

かかった先の医者がたまたまそうだったのではない。妻が患ってあちこちと医者通いをしたが、どこの医者もそりゃ、もの静かな先生ばかりで、親しみを感じるくらいである。

とはいえ、医者とは仲良しにはなりたくはない。いつまでも健康が一番だ言い続けることができる身体でいたいと願わずにいられない。

家庭内不協和音があったのか冴えぬ顔した看護師をみる

滅多に見かけないことである。そう、一年に一、二回あるかないかのことであるが、看護師さんの不機嫌な顔を見ることがある。

珍しいことだから、余計気になって探してみるが、ほとんど見かけない。同じ人ではない。たくさんな看護師の中にたったの一人、いるかいないかのことである。

人間は感情の動物だから、機嫌の悪い人がいたって何の不思議もないのだが、職業柄なのか、看護師さんの仲間内にはなかなか見かけない。

たまたまそんな人を見かけると、俄然興味が湧いてくる。出勤して来る前に家庭で何があったのだろう。子供のことなのか、夫婦間の些細な痴話げんかが原因なのか。大いに気になるところである。

決して観察眼を磨いて、無理に探し出そうとしているのではない。そんな看護師を見かけないから、余計気になって興味が湧くのである。

血液型がどうだのと、そんなことを気に掛けているのではない。出勤してきてから、そうなったことだってあるだろうから、一概に出勤前の家庭にその原因があるとはいえないかもしれない。

虫の居所が悪いことだってある。家事万般を済ませて床に就く。家族のみんなはすでに深い眠りについている。この家での自分の存在は一体何なんだろう。家政婦に過ぎないのか。そんなことはない。

体調が悪いといって勤めを急に休むわけにもいかないだろうし、それでは他の看護師に迷惑を掛けるだけである。どうしよう、ああ、どうしよう、そんな深刻な悩みには見えないから、なおさら尾鰭をつけて想像してみたくなるというものだ。

さあ、きょうも選球眼を磨いて、打率をあげるぞ！　日々窮屈で、時には退屈に感じる介護を楽しくするためにも、不機嫌に見える看護師さんを探すのだ！

朝光に拝むはきみの鎮もるを施設のひとりは寂しくあらむ

妻の元へは毎日通っていくが、そこへ行って何をしてやれるということでもないのだが、兎に角、行かずにはおれぬ。

自宅の裏庭に出ると、隣との境にちょうどいい加減に朝日が差して来る空間がある。季節によって日の出も随分ずれてくるが、いまの季節はちょうど真東の位置に昇ってくる。

朝日に手を合わせ、きょうもまた、妻が息災でいられるようにと拝むことを習慣としている。無神論者の自分が、いつのころからか、神頼みをするようになっているのだから、笑えない話である。

施設にお世話になるようになってから、もう二年になるから環境の変化にも慣れたとは思う。とはいえ、四人部屋にいるのだから、周囲が気になることだってあることだろう。

昨夜はゆっくり休めただろうか、決められた深夜の時間のおむつの交換に、まだ慣れていないのではないか。

家にいるときは夜中に一度目が醒めても、すぐに寝付いていたものだが、施設に入ってからはどうなんだろう。眠れぬままに、差し込んでくる月の光を仰いで見たりして、夜が明けるまで眠られずにいるのではないだろうか。そんな心配をし始めると、眠られなくなってしまうのは、こっちの方である。

家では飼い犬のチョコがいてくれて、何かと遊び相手になってくれていたから、寂しさを紛らわすことができていたと思う。

アニマルセラピーといって、癒しになるのだが、逆にアニマルアレルギーというのがあって、とても嫌がる人だっていると聞くから、施設に連れて行くわけにもいかぬ。

話しかける人形を枕元に置いてやったりしているが、これとても自分でネジを巻くことができないから、帰ってしまった後ではその役目を果たしていないようだ。

活花の師範の妻の活花をなぜに写真に残さなんだか

妻は独身のころからながいこと、活花をやっていたらしい。いろいろある活花の流儀の中で、彼女が修行していたのは、草月流だと承知している。

彼女との婚約期間のころだったが、師範の免状をいただくことになり、師範の号を考えてくれということになった。まったくの素人には考えの及ばないことであった。元来思いつきでしか考えたことのないものだから、そんな相談を受けたときには、咄嗟のひらめきでしかなかった号を提案したのだが、真意は分からないが、即座にそう決まってしまった気がする。

それは「香雪」と言う号であって、その意味するところはだれにも分からないはずである。ここに改めて披露しておいたほうがいいと思う。

昭和二十一年の春、終戦の翌年に台湾から父の故郷の、とある福岡の田舎に引き上げてきたその冬のことである。引き揚げてきた先は、父の弟家族が居住しているところに転がり込んだのであるが、ほかに父の弟家族も外地からの引き揚げで、そこには三世帯が同居することになった。二階を住処としていたが、いつもよりやけに明るく感じる、底冷えのする朝であった。開けてみた窓に飛び込んできたのは、今までに見たこともない、あたり一面の銀世界であった。

ずうっと先の山も雪に真っ白に覆われている。なんと美しい風景なのだろう。眩しくてまともに目を開けていられない純白の雪である。雪に香りがあるはずはないのだが、初めて目に焼きついたその雪には、えもいわれぬ芳しい香りが感じられたのだ。

これが「香雪」の号の所以である。気に入ったかどうかは分からないが、だれも反対する者はいなかった。その師範の看板は今も床の間に置かれている。


正月には、きまって活花を飾って家を明るくしてくれていたし、知り合いの花屋から毎週届いていた花の材料を使って活けるのが彼女の修行のひとつであった。

彼女が活けていた当時の花のあり様を、写真に残していたらと思うと、そうしてやらなかったことが悔やまれてならない。なにぶんにもメカに弱く、デジカメなんてものは触ったこともなかったし、買って使いこなしてみようなんてことは、ただの一度も思ったことがない。今にして、大いに悔やまれてならない。

お迎えを待つだけなのかとよく言うよ　なんたることかその言種は

　二つ違いの姉が福岡のほうにいる。最近ちょっと老けた感じがしてきたが、昭和の一桁だから歳相応に老けてきたのだと思えばなんの不思議はない。

　彼女は中学生のころからバレーボールをしたり、水泳をしたりして、それがいまの元気な源となっているのであろう。

　わが家の家系はあまり酒を飲むほうではない。とくに男性はそうである。祖父も、父親もそんなに飲むほうではなかった。お付き合い程度と言ったところか。

　ところが女性はそうではなかった。祖母が酒好きで、晩酌をしていたのをよく見かけた。母親が酒を口にしたところは、見たことがない。なのに姉は祖母に似て、そりゃあよく飲む。隔世遺伝なのであろう。

　いくら飲んでもくずれることがないから許されるのだろう。飲んでくだを巻くところを見たことがない。それに顔色ひとつ変わらない。けろっとしている。

八十歳を越しても相変わらず飲んでいるらしい。よっぽどの酒好きといったところだ。酒だけではない。焼酎だろうが、ワインだろうが、アルコールならばなんでも平気で飲む。だからといって決してアルコール中毒でないことは確かだ。ろれつが回らないといったこともない。時たまかかってくる電話を聞いていても異常を感じたことはない。

血液型がB型である彼女には、気配りがない。あっけらかんとしていて、人の心に土足でずかずかと踏み込んでくるから、始末が悪い。

この前も電話でいろいろ話しているうちに、「で、千代子さん、その後どうなの」と聞いてくるから、相変わらずで会話はできないし、もしかしていままでのことなど、何にもわかっていないのかもしれないと言うと、「そう、じゃあお迎えを待つだけなんだ」と不用意なことを言うではないか。こっちも頭にきて電話をガチャンと切ってしまった。

彼女なりに悪いことを言ったとでも思ったのであろうか、その後、何度か電話をかけてきたようであるが、留守電にしているので直接話したことがない。

彼女には、わが家と同じように、二人の娘がいる。上のほうの姪が電話をかけてきて、

「お母さん、おじちゃんに何か悪いことといったんでしょう。おじちゃん、堪忍して。彼女には悪気はないのだから」と言う。

悪気があっての発言ならば許されたものではない。こっちもその点は重々承知はしている。だが、あまりにも不用意な発言ではないか、単細胞もいいところだ。

あれっきり彼女との会話はない。おとな気のないことだし、この世での血のつながりの姉弟は二人っきりなのだから、いい加減仲直りをしなければとは、思ってはいる。

II 螢烏賊

この先は未知なる世界孤独死の入り口にいるまだまだ逝けぬ

それは、令和元年六月十八日のことである。早めに夕食を済ませて、ちょっと横になっていたときのことである。ふうっと記憶が薄れて、いままでの人生が走馬灯のようにくるくる回って、どこかの花園にいるような、そんな感じの時間にいた。

それがどのくらいの時間だったのかは、まったく覚えがない。われにかえってみると、ベッドに横になっていて、なんだか腰の辺りが濡れている感じである。いつもだと脇で寝ているはずの座敷犬のチョコがいない。さては潜り込んできて、こともあろうに放尿をしたのではないかと、つい、疑ってしまった。

「チョコ」と呼ぶと、玄関のほうからすたすたとやってくる。涼しいところに寝そべっていたという感じである。だとすると、このぐっしょりと濡れた敷布は一体、どうしたということか。

早いはなし、失神して失禁をしてしまっているということだ。これはただごとではない。胸が締め付けられるように苦しくて、息切れはする、立ちくらみはするで、どうしようもない。ただひたすら耐えるだけの状態でいた。

心配してか、チョコがしきりに顔を舐めに来る。いつもだといとおしくてしょうがないその仕草が、このときばかりは、わずらわしく感じられた。

また、同じような症状に襲われたらと思うと、じっと我慢して夜明けを待つ以外にない。ベッドに腰掛けたまま、夜明けを待つことにした。その日の午後十時二十二分に、新潟の村上で震度六強、山形の鶴岡で震度六弱の地震が発生し、ラジオ深夜便はその状況の報道で明け方まで続いた。地震のニュースを聞きながら、眠らないようにただじっと耐えるだけの長い、長い時間を耐えていた。

意識がないままの、あのときのあの時間は、まさしく三途の川を渡っていたのではないかと思う。渡り損ねたのか、ここに来るのには、まだ早すぎるといって追い返されたのかは分からないが、兎に角、三途の川を渡りかけていたことは事実のようだ。

お年寄りの孤独死が、よく報じられるが、一人暮らしのお年寄りが世間に知られないままに亡くなるケースはこういう状態での死をいうのだろうと、変に納得した。

いずれそうなることに異存はない。だがいまはまだ、「はい分かりました。じゃあ逝きましょう」という心境にはない。

このまま、妻を遺したままで先立つことだけは、したくない。もしそうなったら、妻はどうなるというのか、そんなことは考えたくもないし、あってはならないことなのだ。

だが、この心の臓の病だけはどうにもならない。この時期、熱中症が怖くて、つい水分を摂り過ぎてしまうが、そうすると、肺に水が溜まってしまって息苦しくなってしまう。

これから先も、無理をせずに付き合っていく以外にない、そんな病との格闘はまだまだ続くのだと諦めざるを得ない。

一片のメモは紙屑にはあらず八十二歳の命を救う

意識を失って、いわゆる失神していた時間は、ほんの僅かだったのかもしれないが、さだかではない。まったく覚えがないのである。

さようなら　言った気がして目が覚める息切れがする逝ってはならぬ

どうした拍子に目が覚めたのかは、分からない。下腹部が矢鱈と熱い。腰の辺りを中心にかっかと燃えるような熱さが走る。と同時に、ぐっしょりと下着が濡れているのを感じる。

ぐっしょりと敷布までもが濡れている八十二のわれ失禁なせり

なんということか、お漏らしをしているではないか。そりゃあ子供のころにはよくやったものだが、それが、八十二歳にもなるこの歳にしてお漏らしとは！

最初のうちは、いつも一緒に布団に入っているチョコが放尿をしたのかと思ったが、チョコはいつものところに見かけない。声をかけると、玄関のほうから仕方なさそうにやってくる。チョコのオシッコではないことが分かる。だとすると、この敷布の濡れは一体何なのか。まさしくこれは自分の失禁なのだ。体中の水分が出てしまったというほどの、濡れ具合である。

妻が以前に使っていた介護パンツがあることを思い出して、それを使ってみることにしたが、それは、二階に置いたままであり、二階に上がる気力がない。近くに住んでいる二女に電話をかけ、探してもらうことにした。幸いそれはすぐに見つかった。

その後のお漏らし対策は、これで十分だが、またぞろ、失神に襲われるようなことにでもなると、大変だ。

あす朝一番に病院に駆け込むにしても、今夜のこの状況をメモっておくと話が早いと思って詳細をメモにしていたことが、意外に役に立ったようだ。

保険証、診察券と一緒に昨夜の状況のメモ紙を受付に出して、待合室にいると、顔見知りになっているレントゲン技師の河合さんがみえて、顔の表情を見てすぐに点滴を打ちながら心電図をとろうということになった。以前点滴を受けた際、二時間近くかかったのを思い出して、先にトイレに行くことにした。用足しをしている途中で気が遠くなり、どうもそのままトイレで倒れたらしい。大きな音がしたらしく、先生や河合さんが飛んで来て、ストレッチャーに乗せ、診察室へ運んだということであった。

応急措置のあと、すぐに市郡医師会病院のほうへ搬送ということになったらしい。迎えの救急車には若い女医先生と介護士の二人がいて、深刻な顔をしている印象が今でも思い出される。よほどの緊急事態であったことが窺われる。

救急車の中では、意識が戻っていて、走り出すといま何時かとか、走っているのは青葉町あたりかとか、到着時間を聞いてリスポンスタイムは十五分なのかだとか意外と正常だった気がしている。

救急車戸が開くみなが呼びかくる気が遠くなる眠りに入りぬ

救急車にははじめて乗ったが、ストレッチャーに横たわっていたせいか、わりと振動が伝わってくる。道路の舗装状況がよくないせいなのかもしれない。

走り出すとすぐに、酸素吸入の管を鼻に差し込まれ、しばらくするとそれはマスクに替えられ、しっかり押さえつけられている。

自力での酸素吸入が出来ていないのかな、と思いながら、おとなしく従っていたら、やがてして搬送先の病院に着いたらしい。うしろのドアが開き、降ろされるときに顔に雨がかかるのを感じた。かなり降ってきたようである。

「上野さん、上野さん、分かりますか？　渡邊ですよ」「分かりますか？　西野です」と呼びかける声に二年前にお世話になった主治医の先生だとわかったが、たくさんの人が取り囲んでいて、だれがだれだか区別がつかない。そうこうしているうちに、意識が薄れ、自分では記憶にないが、「ちょっときつい」と言ったきり失神したそうである。

約三十秒ものあいだ、完全に心肺停止の状態が続き、AEDを使うと血栓が頭に飛ぶ危険があるということで、その三十秒は同乗していた児玉介護士の心臓マッサージで蘇生を試みたそうである。

救急車着いた途端に失神のわれを救いし介護士のわざ

ふっとわれに還ると、そこにはさっきの大勢の病院関係者が、覗き込んでいるではないか。救急車が到着した入り口に渡邊先生もいるし、西野先生の顔もちゃんと捉えることが出来た。失神している三十秒もの間、良寛さまが着ていた同じような袈裟衣を着て、たくさんの子供たちとどこかの花園を駆け回っているような、そんな遊びをしていたような感覚が残っている。

「あっ、渡邊のぞむ先生」と言ったような、「のぞみ先生」と言ったような、あれほど世話になった西野先生を西森先生と間違えて呼んだのではなかったかと思っているうちに、また意識がなくなってしまった。

何度目かの失神のあと、目が覚めると、右の首の血管に管が二本差し込まれていて、なんでもペースメーカーを入れるまでの応急措置としての治療だとのことであった。

麻酔が効いているうちはさほどの痛みも感じない。切れるころには、たまらなく痛むのだろうと思うと憂鬱である。そんなことよりも、息苦しさや、胸が締め付けられるような嫌な気分がなくなっただけでも御の字である。

とりあえず、一週間は集中治療室で過ごすことになるのだそうだ。おそらくこの部屋にいるみなさんも同じような症状の方なのだろうと思うと、なんとなく気が落ち着くからおかしなものだ。

それにしても、昨夜からけさにかけて、よくもまあ辛抱して我慢できたものだと、今になって考えるとそれはそれは、ぞっとするくらい恐ろしいことだったんだと自分ながらあきれている。

なにごともなかった顔して帰還する麻酔の間の寝言が怖い

手術室から出て、集中治療室に落ち着くと、長女が「おとうさん、麻酔が効き始めて自分が何を言ったか覚えている」と聞いてくる。

なにかとんでもないことを、口走ったのかと、一瞬どきっとする。まさか、だれも知らない女の人の名前を口走ったとか。いくらなんでもそんなことはあり得ないと思う。

だが、なにを口走ったのかが、急に不安になる。一瞬考え込み、平静を装って聞いてみる。「いやあ、何にも覚えていないね　なにか変なことでも言ったのかな」と聞いてみる。

「想像もしないことを言うもんだと思ってね」と言ってくる。「ああ、やっぱりなにかまずいことでも言ったのだろう」と腹をくくることにした。

「それがね、洋輔ちゃんのところは女の子だったが、哲ちゃんにはながく逢ってないからね」って言ってたよ。「それに北海道から毎年届く松前漬はおいしいがね」とも言ってたよ。

安心はしたが、一体なんでそんなことを言ったのかは、どう考えても思いつかない。洋輔ちゃんも、哲ちゃんも小さいころから家に来ていて、妻が面倒を見ていたうちの子同然に育った子供である。

そのころ妻はミニバレーをしていたがチームメイトから勧められて洋ちゃんの面倒を見ることになったのだ。両親が宮医大を出たばかりの医学生で子育てが大変だと聞いて預かることにしたらしい。

洋輔ちゃんは三歳のころから、哲ちゃんは母親の季代さんが産休明けで勤めに出るようになってからは、家で二人の娘達と兄弟のように育っていった。

二人とも地元の小学校を出たが、中学校は愛媛と、久留米に行ってしまったので、その後は、帰省したときに会うぐらいであった。

死をさまよっているような緊急事態のときに、なんで二人の名前が出たのかは、皆目見当がつかない。一体どうしてここで二人がいきなり出てきたのかは、思い当たる節がまったくないのである。

松前漬は、半世紀も前に、東京の警察大学校で一緒だった、当時函館から来ていた友達がその後毎年送ってきてくれている松前漬のことであるが、手術前に、最近食欲がなくて困っている、函館の松前漬が食べたいね、なんて言っていたことが後を引いていたのかと想像ができる。

それにしても、にんげん咄嗟の時には、まったく思いがけないことが思い浮かぶものらしい。日ごろの心配ごとなどは、まったく関係のないことなんだなと思い知らされたことであった。

日ごろ気になっている妻の介護のことが、これっぽっちも口をつかなかったということは、一体どうしたということか。単に外面のいい顔をした偽善家に過ぎないのかと、寂しくなってくる。

それにしても何はともあれ、隠しごとのなにもかもが明るみに出なかったことは、さいわいであった。「もうひとつなにか言ったけどね」と言う長女の脅迫にも聞こえる意味深な言葉が気にかかることではあるが、それは彼女が故意に隠していることか、思い出すに足りないようなことなのかは、おいおい分ることであろう。

もしかして娘らへの医師の説明とわれへの違いか二女の涙は

救急車で搬送された後、応急処置がなされ、もろもろの検査をした後に手術ということになった。感染症の検査等、いろいろあるらしい。

娘達二人には、主治医のほうから今回のペースメーカーの件について、いろいろ説明がなされたようである。集中治療室に落ち着いた後、あらためて今後の日程等について、三家族が揃ったところで、説明を受けることになった。

今回の失神の状態は、かなり深刻な事態だったらしく、今後の生命の維持には、ペースメーカーの力を借りなければ、難しいというものであったと思う。

原因は三つほど考えられるが、核心的なことは実際に開けてみないと、分からないと言うことである。出たとこ勝負でやりましょうという、勇ましい説明に、いささか恐れをなして聞き返してみた。

「先生、開けてみてこれはちょっと難しい、なんてことにはなりませんよね？　例えばがん細胞があちこちに転移していてこれは無理だというような、そのことに似たような、そんなことにはなりませんよね」と恐る恐る訊ねてみた。

娘達二人の顔をかわるがわるに見ていたら、主治医の説明を聞きながら、じっと下を向いたまま、目を真っ赤にしている二女の姿が見えた。

まさかいま三人が主治医から受けている説明とは、違った説明が娘達二人にはあったのではないかと、変に疑いたくなる二女の態度である。

「どうした？　目にごみでも入ったか」と聞いてみたが返事はない。今にも泣き出しそうな一層つらそうな顔をしている。

本人と、家族とに違った説明をするなんてことは、あり得ようはずがない。なんてことを考えるのかと、反省することしきりである。

大量の螢烏賊をぼうちに飼いかわれしかれらは心臓を食う

それは二年前のことである。今回ペースメーカーを入れざるを得なくなった原因の心臓の病が見つかったことに遡る。

体力には自信があったし、つい最近までは、筋力トレーニングに通っていた。妻の認知症の状態が進み、自宅での介護が難しくなったので、認知症専門の病院に入院させることになった。それは自宅から一時間の距離にある都城郊外の大悟病院である。

早朝に自宅を出て病院へ行き、日が暮れて家に帰り着くといった日常の生活パターンが、五年続いた。

運動はまったくしなくなった、というよりも出来なくなってしまったのが実情である。せめて六階の妻の病室までは、階段で行くことによって、少しでも体力を維持しようと努めていた。一五〇段の階段を登っていくことはかなりの運動量である。そんなある日、二階にたどり着かないうちに、息切れはする胸は締め付けられるように痛み、立ちくらみを覚えて、座り込んでしまった。これはただ事ではない、明らかに身体に異変が起きているのだと、これから先のことが思いやられた。

しばらくして落ち着いてから、帰ることにして、その足で、かかりつけの医院に行って診察を受けたところ、大変な状態になっている、すぐに専門の病院にかかることを勧められて、その足で紹介先を受診したところ、市郡医師会病院での二泊三日のカテーテル検査を受ける必要があるということになった。

一昨年の七月二十四、五、六日のことである。カテーテル検査の結果をモニターに映し出された映像を見ながら、詳細に説明を受けた。

心臓の筋肉になにやらくっついた、緑色の発光物体が蠢いているではないか。

「先生、この螢烏賊のように異様に光っているものってなんですか」「そうなんです。これがいたずらをしているから息苦しかったり、胸が締め付けられたりするのです」という説明であった。

「じゃあ、この螢烏賊を薬で除去してしまえば一発、よくなるんですよね」「そうなんですけど、いまはまだその薬が開発されていないんです。その薬を開発すれば、それはノーベル賞ものですがね」ということである。

お先真っ暗、眩暈を感じる。この先、妻の介護はどうなるというのだ。生きねばならぬ、生きて、生き抜いて妻の介護をしなければならないのに、なんということか！

「おい、お前ら、そこの螢烏賊、頼むこれ以上おれの心臓をむしばないでおくれ。おれもお前らと仲良くしていくから頼む、これ以上いたずらはしないでおくれ」そう頼む以外に最善の方法は見つからない。

地元のデパートで年に二度、北海道物産展が開かれ、函館の烏賊飯が好評である。毎回買って食べていたが、これからは烏賊の一切は食べないと誓うことであった。

みぎひだりあまたの線に繋がれてさながらわれは電気ロボット

六月十九日に救急車で運び込まれて一週間が経った。一応の応急処置の後、感染症の検査やペースメーカーを入れるためのいろいろの検討がなされたようで、その日はいよいよ六月二十五日に決まった。

いままでに一度も大きな手術を受けたことはない。注射が怖いうえに、手術だなんて最悪の事態だ。だが、生き延びるためにはしょうがないことである。諦めることにした。

局所麻酔で、それでもなんとなく意識が薄れていく。自分ではどのくらいの時間が経ったのかはわからない。後で娘に聞いたところでは、二時間はかかっていたらしい。

手術の途中のことはまったく記憶にない。最後の電池を嵌めこむときに、それが異常に体の中に押し込まれる感じがして、思わず「痛い！」といったのは覚えている。と同時に先生の「終わりましたよ」と言う声もかすかに聞こえた気がした。

手術の前日に主治医から受けた説明では、今回の症状は三つが考えられて、心臓の電線がきれているか、薬の影響なのかあるいは、ほかの原因によるかは、まだ確信的には分からないという説明であった。そういうことだから、「出たとこ勝負で行きましょう」と言われてもうこれは、先生の腕に縋る以外にないのだと、変に気が落ち着いていた。

手術室から出て、凱旋さながらに娘達に迎えられ、「ああ、無事終わったんだ」と実感できた。ストレッチャーからベッドに移されると、そのまま部屋がかわり、いままでの集中治療室を離れることになった。そこは一週間お世話いただいた部屋で、担当のみなさんに声をかける間もなく、外来病棟へと移ることになった。

身体じゅうにいろいろの色をした回線がほどこされている。どれがなんの役目をしているのかは分からない。寝返りを打つのにも気を遣う。

トイレにも自力で行けるようになった。あまたの電線を身に纏ったままなので何かと不自由を感じる。

それでも、ベッドから立ち上がるときにも胸苦しさや、立ちくらみがなくなったことで随分楽になった。あとはペースメーカーを嵌めこんだところの傷が治れば終わりということか。この傷だと一ト月はかかるだろうと思われる。

それにしてもこの電線は、どうにかならないものか。電線につながれたロボットさながらに胸の辺りに張り巡らされているではないか。ちょっと動くと、お互いの電線が引っ張り合って実に勝手が悪い。

これでもかこれでもかとて朝あさに採血のありあなおそろしや

手術後は、感染症の検査や、素人にはなんだか分からないことばかりの検査のために採血がある。兎に角、注射が怖くてたまらないから、このことは苦痛でならない。血管も怖がってか、なかなか素直に採らせてはくれないようである。右にかえ、左にかえして手ごろな血管を探し当てようとしている看護師の仕草が、時として焦りに見えたりもする。

「うーん、これかね?」と言いながら、またほかのところを探している。なかなかきまらない。こんなことが毎日のことだから、憂鬱でたまらない。

ひとりの看護師さんは一日に一体何回の注射をするのだろう。素直に応じてくれる患者もいるだろうが、ひねくれ者だっているはずだし、大変な仕事なんだと変に納得したりもする。

「ちょっとチクッてしますよ」といいながら、やっと見つけ出した血管に注射器を、いままさに刺さんとしている。

上腕部を締め付けて、そう、いままさに注射器を刺さんとしている。「大丈夫ですか」と聞かれるが、何が大丈夫なのかが分からない。怖くて仕方がない注射のことだから、大丈夫なはずがないではないか。

いつも注射をするときは、左の腕のほうがよく血管の出るところなのだが、こう毎日だとそこばかりとはいかない。

注射器が差し込まれている間は、反対の手で顔を隠して注射器を見ないことにしている。というよりも見る勇気がないのである。ひたすら早く終わることを願って耐えている。

わざとだとは思いたくはないが、その仕草が可愛いといってなかなか終わらしてくれない看護師がいるような気さえしてくる。

子供のころは、よく予防注射というのがあって、あれやこれやで年に何回もの予防接種があったものだ、その度に泣き叫び逃げ回っていたことを、昨日のことのように思い出す。

いまでもアフリカ辺りではそんな予防接種の状況が、テレビに流れることがあるが、あれを見ているだけで、つい目をそらしてしまう自分がいることに改めて気がつく。

臥したまますみの笑顔に遭えるとはスマホさまさま動画さまさま

メカに弱いからいまだにスマホの世話になることはない。娘達はしきりにスマホを持つことを勧めてくる。今回のような事態がいつ起こるやも知れないからと言われると、もっともなことだと思わないでもない。

いままでに、パソコンは駄目、デジカメも駄目ときているから、スマホだってどうでもいいと、いまだに思っている。

入院して無事にペースメーカーの嵌めこみが終わると、ほっとして少々退屈さえも感じるようになってきた。昼間はみんな勤めがあって、だれも来てくれないし、会話といえば定期的に検温に来てくれる看護師さんとのやりとりぐらいである。

リハビリを兼ねて病室を出て、少しばかり廊下を歩いてみるが疲れて、すぐに部屋へ帰ってしまう。入院してからというもの、寝たきりだったので腰が痛かったり、体中がなまった感じがして、動きが鈍い。

夕方になるのが待ち遠しい毎日である。そうこうするうちにだれかがやってくるが、だれが最初に来るか想像したりして、待ちわびている。

「ほら、これ見て」長女が差し出したスマホを受け取って、見てみるとそこには妻が映っていて、なにやらしきりに話しかけているような様子が映っている。

ながいこと妻のところへは行っていなかったし、どうしているのか気になっていたが、こうして元気そうな様子をみると、スマホってありがたいものだなあと、改めて思うことであった。

妻の笑ったような仕草が見えたり、半べそをかいた表情をみたりしていると、スマホって重宝なものだと思うようになってきた。単に写真が写っているだけではなく、ベッドに寝たままの妻が、今にも起き上がりそうな様子が見えるのだから驚きである。

孫に預けたままの飼い犬のチョコまでが映っていて、しきりに走り回って鳴き声までもが入っている。そのさまは、あたかも早く帰っておいでよと言っているようにも見える。げに、スマホって便利で重宝するものだと、思えるようになってきた。

おい時計おまえ深夜は眠るのか秒針だけが止まりておりぬ

手術後は、個室に入ることが出来、なんとなくゆったりした感じである。三度の食事は係の人が運んできてくれるし、一日中何もすることがない。

テレビは家にいてもあまり見ることはなかったし、部屋に備え付けのテレビは、カードを買ってまでは見る気にもならない。

第四歌集を平成のうちに上梓する計画であったが、気分が乗らないだけではなく、体調が優れず、とうとう持ち越しとなってしまった。ことしの十月からは消費税も一〇%に上がるし、その前にはなんとか出来上がらせたいものだと、意欲が湧いてきた。

一人百首の計画で進めていた分の、まだ半分が残ったままである。今回のこの事件を踏まえて、何とか数だけは揃えてみたい。夕食後静まり返ったころから取り掛かることにした。事の起こりから書きとめてみることにしたが、思い出すだけでよくもまあ、生きながらえることが出来たものよと、改めて事の重大さを認識した。

夕食後、しばらく横になってから、持ち込んでいた原稿用紙に書き留めていくうちに、いつの間にか深夜になっていた。

病院内は静まり返っている。ひとり部屋だから、なおさらである。壁にかけてある時計を見上げると、一時をさしている。ああ、もうこんな時間なのか、きょうの分の数はそろったからそろそろ寝ようと思って、時計を見上げると、なにかがおかしい。秒針が止まったままなのに、それでいて長針はちゃんと動いて、時を刻んでいるではないか。こんな時計は初めて見る。秒針は動かないまま、時を刻んでいる時計って、はじめてだ。それにしても一体何時にこの秒針はその活動を止めたのだろう。

変に気になりだすと、もう駄目だ、秒針が動き出す時間を確かめたくなって、それからは時計との睨めっこである。動き出すのは、一時間ごとの正確な時間に違いないと、目を凝らして見つめているが一向に動き出す様子がない。

とうとう夜が明けて、それでも秒針はまだ動き出さない。あるいは故障なのかといい加減、諦めてうとうとしてしまった。なんと、その一瞬の隙を突いて動き出しているではないか。

ようし、こうなったらもう意地だ、秒針は何時に止まって何時に動き出すのか今夜は寝ずの番だと妙に張り切って時計との睨めっこを始めることになったのである。

つまれてなお萎みいるわが宝立て奮いたて　おのこやおのこ

入浴は一日たりとも欠かしたことはなかったが、最近は一日おきのことが多くなっていた。週に一回は、青井岳温泉に行っていたが、それも途絶えて久しくなる。あれほど好きな温泉通いに気乗りがしなくなっていた。

車で行くことも億劫になっていたが、温泉に浸っていても以前のように、ゆっくりした気分になれないのである。すぐに疲れて湯舟を出てしまう有様だ。それほどに身体に変調をきたしているとしか思えない。

病院通いの日には、出かける前にシャワーを浴びることにしている。昨夜のあの状況からして、シャワーも無理な気がしたが、妻の在宅介護に備えて、風呂場にはバリアフリーの手すりをつけたりしていたので、それに頼っていつものようにシャワーを浴びて出かけることにした。

かかりつけのクリニックから、救急病院に転送されることになって、そのままの入院となってしまった。

着ていったものはすべて脱がされ、病院着に着替えさせられた上に、排尿には尿瓶を使用するのかと思いきや、なんと尿管に管を差し込むことになってしまった。

若い女性の看護師が手際よくつまみ出し、それに管を差し込んでいくではないか！

なんたる屈辱、すっかり縮みあがった一物は、なされるがままに萎れきってその用をなさない。哀れなるかな、わが宝物！

顔を見られないよう、手で覆う以外に逃げようがない。女性の看護師は慣れた手つきで淡々とこなしていく。

それにしてもわが宝物も随分と古びたものだ。若い女性に触られても何の反応も示さない。ただただ、恐れ入ってうなだれるばかりである。

古希の今でもまだ、夢精があると言ってた柔道をやってたあの猛者の一物は、こんなときはどうなんだろうと思うことであった。

頑是無きおのこを捨てて身を晒す呈した裸身を二人が洗う

入浴は、手術後に二日おきに許された。年配の女性の介護士が二人がかりで、からだを洗ってくれるが、なんともこそばゆい限りである。二人が年配の方だから、何んとか我慢もできるのだが、それが若い女性だったら、わが分身もより以上に縮みあがってしまうことだろう。

まだ、人様に身体を洗ってもらう歳なんかではないのだが、今回ばかりは仕方がない。なされるがままに辛抱してはいるが、どうしようもない屈辱である。

施設に入所している妻は、週二日の入浴日には、介護士の世話になっているのだが、彼女のことだから、最初のうちはおそらく嫌で耐えられなかったのではないかと思う。

今回ここに入院する前も、自宅での入浴は、極力控えていた。万が一、入浴中に倒れようものなら、それはもう、あの世行きのことだから。

シャワーで済ますのがほとんどだったし、入浴はここのところ、二ヶ月近く遠のいている。何よりも残念でならないのは、青井岳温泉に行けないことであるが、このことばかりは、もうしばらくの我慢だと思う。

それにしても、こんな簡単な入浴なのに、なぜ二人がかりなのだろう。男と女が密室で二人きりでいることの危険から、そうしていることなのだろうか。まさか、そんなことでもあるまいと思いつつ、股間を覗き込んでみると、なんとそれはますます縮みあがって、それはそれはなんとも哀れな様をしている。

哀れなるかな、わが分身よ、願わくば早くこの環境から解放して欲しい。彼女達の手順をつぶさに観察していると、手術のあとの傷口に湯がかからないように、細心の注意を払っているほかは、日ごろの入浴と何ら変わったところはないように見える。

「傷口に湯がかからないように注意しますから」と言って一人での入浴を申し出ても、それが許されないことは先刻承知のうえだが、入院が長びくようなことだと、駄目もとでも言ってみようかと思うほど、憂鬱な日が続いている。

パン食に牛乳がないばさばさとぼそぼそと食う侘しき朝餉

入院中の朝食は、ごはんかパンの選択ができた。家でも朝はいつもパン食にしていたので、二日目からはそのようにお願いした。食パンの一切れが半分に切られて、ラップに包まれて温められている。マーガリンとイチゴジャムのパックが添えられてあるが、牛乳が見当たらない。代わりにとでも言うのか、吸い物がお碗に入っているではないか。パンに汁物とは今まであまり聞いたことがない。

「すいません、牛乳はないのですか」と訊ねると、「きょうは吸い物ですね」との返事である。パン食に吸い物？　そんなはずはない。

吸い物にしても極々薄味で、申し訳程度に三つ葉が二枚ほど浮かんでいる。わが家でのパン食はトースターでこんがりと焼いたパンにマーガリンを塗りつけて、その上にたっぷりと自家製のブルーベリージャムを塗りつけて食べるが、これが習慣になっていて、なかなかにうまいのである。贅沢を言っているのではない、人間いつもの習慣からかけ離れたことがあったりすると、そのことがとても気になるものである。

朝食を済ませて、リハビリを兼ね、談話室のところに行って、壁に貼ってある一ヶ月の献立表を見てみるとパンの朝食には、一日おきに牛乳とお吸い物が計画されていることが分かった。なるほど、そういうことかと一応納得はしたものの、パン食にはやっぱり牛乳が一番だと、変に我を張ってみたくなった。

だからといって、そのことを主張したわけではない。郷に入っては郷に従えというではないか、せめて入院中だけは牛乳代わりの吸い物を、残しのこししていただくことにしてみたが、やっぱりパン食には牛乳が一等だと思うことであった。

空腹が満足感とはまだいかぬ病院食とのバトルはつづく

自宅にいると間食ばかりしていたが、入院となるとそんなことはこれっぽっちも許されない。おかげなことである。とはいえ、やっぱり病院食だけでは、すぐにお腹がすいて、口が卑しくなってくる。

羊羹が食べたい、チョコレートが食べたいと思いながら、毎日のように我慢の日が続く。退院したら、あれも食べよう、これも食べようと想像するだけでも楽しい。

それにしても病院食とは、なんと味気ないものかと、つくづく思う。減塩食なのは分かるが、いままでの食事とはまるっきり味が違うから、戸惑ってしまう。

家にいるころは、娘達が交代で差し入れをしてくれていたが、二人とも塩分には特に気を配っていてくれていたようで、薄味がほとんどであった。娘達が帰った後に食べる癖がついたのは見つからないように、こっそり醤油をかけたりして食べるためであった。

娘達の気遣いはうれしいが、食べるには好みの味で、おいしく食べたかったのである。いつぞやは、帰ったはずの長女が戻ってきて、差し入れの肉じゃがに醬油を足して火を入れているところを見つかってしまったことがある。見てみぬ振りをしているようであったが、お互いに気まずい思いをしたことがある。

ことほど左様に、味付けに関しては、塩味も醬油も十分に効いていなければ、うまいとは感じないほうである。

娘達の差し入れの味でさえ、こんな具合であったから、ましてや病院食はおして知るべしである。朝食のお吸い物にいたっては、麩と蒲鉾の薄切れが申し訳程度に浮いていて、三つ葉が二枚ほど色添えに浮いている。

魚が食卓に上がってくるときは、それは決まって白身の魚で、骨がきれいに抜かれていて、魚の味以外に調味料の味などはない。正直実に味気ないものであったといえば、失礼なはなしだが、食事が待たれて仕方がないという日は、一日たりともなかった。

二年前に二泊三日の検査入院をしたことがある。丁度土用の丑の日でなんと夕食にうなぎの蒲焼が出たことがあった。ここ何年も一人だけでの食事なので、うなぎが食卓にあがることはなかった。病院でうなぎにありつけようとは！　想像もしていなかったので、あのときのうなぎの味はいまだに忘れることができない。

ややなんと病院食にうなぎとは土用丑の日入院記念日

退院の暁には、行きつけのあのおぐらのカツカレーを食べるのを楽しみの一つとして、じっと我慢をしてみることであった。

長距離の先導役がうちにいて遅れず負けず来い来いという

六月十八日に気分が悪くなって意識が朦朧としたあの忌まわしい瞬間は、脈拍がなんと四十五しか打っていなかった。

息苦しさや胸苦しさはそのせいだったのだ。人知れず、このまま成仏してしまうのではないかと不安がよぎったのだった。

夜中のこんな時間に、一体どこに駆け込んだらいいのか、かかりつけの医者は時間外で、とっくに閉まっている。連絡のしようがないし、救急車を呼んだにしても、連れて行かれる先がどこだかも分からない。

夜が明けるまで、じっと我慢する以外にないのだと、ひたすら耐えることにしたのだが、今になって思い起こしてみると、よく我慢したものだし、よくもまあ、あのまま事切れてしまわなかったものだと、われながら驚いている。

週に一回の割りでかかりつけでの検診を受けていたこともあって、自分ながらに最近の体調の変化は、ある程度は把握できていたと思う。

頻繁に起こる息苦しさは何かの前兆なのだと思わずにいられなかったのだ。それだけではない、足はむくむし、よくこむら返りを起こすことがあった。そんな苦痛から開放されて、幾分か気分的に楽になった。

東京オリンピックもいよいよ来年に迫ってきた。最近マラソンのレースでは必ずといっていいほど、ペースメーカーが三人はついて、それぞれに距離に応じて先導役を務めているようであるが、なかには、その役目を果たせないまま、参加選手の中に吸収されてしまう先導者を見かけることがある。まったく自分の役目を果たせていないのである。

その日の調子にもよろうが、先導役がその責任を果たせないようでは、レースそのものに大きな影響を及ぼすことになるのではないか。

心臓の働きを助けるペースメーカーがどんな役割を果たしてくれるのかは、実際にそのお世話になっている人の話からしかわからなかったが、今回自分がその世話になってみてはじめてそのありがたみが分かった気がする。

水分の摂り過ぎはまた、肺に水が溜まったりするので、一日一リットルの制限をきつく言い渡されている。

この猛暑の中熱中症が怖いが、ちゃんとこの指示を守らないとまたきつい思いをしなければならなくなるのだと、自分にきつく言い聞かせている。

ただ、残念でならないことは、このペースメーカーを入れた友人が、以前のようにテニスも出来るようになったし、軽めのジョギングも出来るといっていたが、どうもこのことは個人差があるのか、そうはいかないようである。

やっぱり抱え込んでいる難病の、全身性アミロイドーシスのいたずらのせいだと諦めざるを得ないのか。

六十を規則正しく打つ鼓動頼む六十保て六十

最悪の状況のときの脈拍は、わずかに四十五しか打ってなかった。ちょっと動くだけですぐに息切れがするし、立ちくらみはするで、動くことがままならぬ状況であった。

ペースメーカーを六十に設定してもらったおかげで、今までとは違う世界にいる感じがする。なによりも、息切れがなくなっただけでも随分楽になった感じだ。

今度のこの六十という数字の設定にはいろいろと思い出がある。高校のころの理数系のテストがそれだ。

六十点以下では、いわゆる赤座布団の点数で、不合格であって、その単位をとるためには追試験を受けなければならない。

解析もそうだったし、物理も当然のように赤座布団の成績だった。同じような友達が三人ほどいて、彼らとは席を並べて追試験を受けたものだった。そんな成績のことは、少しも気にならず、はなから追試験のことを予定としていた。

四年前に出した第三歌集の『みてみて』には、妻の介護にあたっての心構えみたいなことを題材にしているところがある。

百点の介護目指してつぶれてる六十点でいいではないか
これまでの百点目指した窮屈な介護は捨てて気楽にいこう
百点を目指していたはこの介護六十点でいい気が楽になる

欲張りすぎて目標を高いところに設定してしまうと、無理が生じるし、長続きはしないことがよく分かった。頑張りすぎは、決していいものではない。なにごとにも、ほどほどということがある。介護をするほうが倒れてしまったのでは、実も蓋もないことがよく分かった。

朝夕、血圧を計ることにしているが、いまのところ順調に六十の脈拍を打っている。この分だと、電池交換の時期までは支障はないのではないか。ありがたいことである。

だが、ひとつ気になることがないでもない。それは、いま抱え込んでいる螢烏賊のことだ。同じようにペースメーカーを入れている友達がいるが、かれは趣味のテニスを毎日のように楽しんでいるということだった。

螢烏賊がじっとしていてくれない限り、またぞろあの忌まわしい息苦しさや、胸苦しさが頻繁に起こらない保障はどこにもない。

飼い主に背きはびこり群れをなし呰をなして刃向かいおりぬ
きみたちを喰ったりはしない螢烏賊そこで静かにしていておくれ
きみたちが静かにしていてくれるならこの先介護もできるよ頼む

厄介な螢烏賊を抱え込んでいる身には、この先、永遠に続く心配事ではある。せいぜいこの六十という数字に守られながら、螢烏賊が繁殖しないことを願いながら、変な妥協点を探っている昨今である。

一ッ葉の潮騒を聞く若き日に観し潮騒のはつか顕ちくる

入院先の市郡医師会病院のすぐ先は、もう日向灘である。いまは関西方面へのカーフェリーの発着港になっているが、半世紀も前は、干潟になっていて、あさり貝やしじみがたくさんに採れたところである。

いまはカーフェリーへの入り口辺りではないかと思うが、五厘橋という溝にかかった小さな橋があって、その辺りは、両手で掬うだけでしじみ貝がたくさん採れたものである。今はもう、その俤はまったくない。

日向灘の波は荒々しくて、昔から「一で玄海二で遠々海三で赤江の日向灘」と言われていることからも分かる。

初日の出を拝むには、一等にいいところで、毎年のように出かけたものである。焚き火をしながら寒さに耐えて、じっと目を凝らして昇ってくる初日を待つのであるが、いまだに一度も水平線に昇ってくる初日を拝んだことがない。毎年それは雲の上に出てからのことであった。

入院の患者が寝静まったころ、潮騒が聞こえてきた。もう何年も聞いていなかった潮騒だが、ざっというあの波音は気持ちのいいものである。

もう何年前のことであろうか、三島由紀夫の潮騒が映画化され、たしか久保明と青山京子という二人が主役を演じていた映画を観た記憶が甦ってきた。

ことさら映画に凝って観ていたほうではない。時間つぶしに観る程度のことであったが、文学作品だからといってわざわざ観にいったことでもないのに、記憶に甦ってきたというのは、静かな深夜に耳元に届いてくる潮騒がその原因だったのだろうと思う。

そのうちに必ず襲ってくるという南海トラフ巨大地震は、この市郡医師会病院を瞬く間にひと呑みにしてしまうであろうという位置にある。

この病院の移転先も決まって内陸地へ移転するらしいが、もしかすると今回のこの入院がここへの最後の入院になるのかもしれない。

潮騒を子守唄代わりに聞きながら、眠られぬ夜を明かしたのであった。

雷鳴に目覚め辺りを見回してわれをば探していないかきみは

明け方の稲光に目が覚めた。光の後に鳴り響く雷鳴の間隔も徐々に狭まって、ほとんど同時に聞こえる。近くに落ちた感覚だ。遠くで鳴るうちは、ごろごろといった感じだが、近づいてくると、その音はカチッと鳴り響く。ピカッ、カチッが同時だともうそれは紛れもなく極々近くに落ちたと思っていい。

入院先の病院は頑丈な三階建てだから、何の心配もない。ブラインドを閉めているから、外の様子は分からないが、差し込んでくる稲光は、なんとも不気味である。

雷鳴は南の方角から、近寄ってくる感じだから、いま妻が入所している施設のほうからと思われる。

雷が好きだという人はいないだろうが、妻もその一人である。家に二人でいるときでも、雷が鳴り出すと傍によってきて、離れようとしない。よほど嫌いなのだろう。

四人部屋の南側に位置している妻のベッドには、稲光は、直にさして来る感じだから、怯えきっているのではないか。それとも、もうそんな感覚は失せてしまっているのか。

平常の妻の様子もながいこと見ていないし、今夜のような、深夜の激しい雷には怯えきっているのではないかと思うと、傍にいてやれないのが悔やまれてならない。

子供のころ、雷避けに蚊帳をつってその中で「くわばら、くわばら」と言いながら震えていたものだったが、そうすることがどんな効果があるのか、くわばらにどんな意味があるのかはを知る由もない。今どき蚊帳のある家なんてどこにもないから、そんな情景を見ることは皆無に等しい。

思い出にふけっているうちに、雷は遠ざかったようである。線状降水帯のようにいつまでもしつっこく、続くものではない点はいい。しばらくするうちに、どこへともなく遠ざかって行った。

みなが去り夜明け待つのみひとり身は病室にてはなおなお寂びし

入院するまでの毎日は、飼い犬のチョコとの二人三脚の日々であったが、ここに入院してからは、毎日が注射に怯えての生活である。

娘達二人のほかに、孫達も仕事を終えると、代わる代わるにやってきて声かけをしてくれる。消灯の時間が近づくと、やたらと柱時計が気になってくる。

「具合はどう?」「うん、まあまあ」それだけの会話でも、親子の会話は通じる。多くを聞かれても困るし、聞かれれば聞かれるほど愚痴っぽくなるから、こんなときの親子の会話はこんな程度がちょうどいいのではないかと思う。

「なにか食べたいもの、ない?」あるある、いくらでもあるが、ここにいるうちはそうもいかんだろうと思うから、つい「うん、別に」と言って終わりにしている。

味気ない病院食には、飽きていたから、退院した暁には、あれも食べようこれも食べようと夢を膨らませていた。そんなことでも考えていないと、退屈でしかたがない。

退院して一番先に行くところは、そりゃ決まっておぐらのカツカレー。次はきむらのラーメン、そうそう、この病院のすぐ近くにある経済連直営のウィークデーだけサービスのとんかつ定食も定番のひとつだったっけ。夾竹園のホルモン定食にもよく行ったよなあ。

どっちかといえば魚よりも、肉のほうが好みである。とはいえ、血の滴るようなステーキは好きではない。

肉といえば、宮崎牛、佐賀牛、米沢牛と「ぎゅう」と言うのに「松坂牛」だけは「うし」と言うのはなぜだろう？

牛肉《ぎゅうにく》とはいうが牛肉《うしにく》とはいわないし、豚肉《ぶたにく》とはいうが豚肉《とんにく》とはいわない。豚《とん》カツとはいうが、豚《ぶた》カツとはあまり聞かない。

しし肉というからライオンの肉かと思えばそれは猪の肉であったり、日本語って面白いものだよねって眠られないまま、あれこれ考えていたらいつの間にか、眠りについていた。

退院後何がしたいと問わるればきみの元へと疾く翔びゆかん

あんなに大きな手術のあとだから、退院はまだずうーと先のことだろうと思っていたら、「来週には退院してもいいですが、ご希望はありますか」とのことである。

特別に希望なんてないが、そろそろ病院食にも飽きてきたころだし、食べたいものを腹いっぱい食べてみたいという気はする。

何よりも一番の気がかりは、入院前に体調を崩してから、もう二ヶ月近くは妻のところへ行っていない。どうしているのか一番の気がかりなことである。

顔を見て、少しは思い出してくれるだろうか。ますます病状が悪くなっていて、いままで以上に「あんただれ?」という顔をするのではないか。

娘達二人が交代で顔出しをしてくれていたし、妻の状況はその都度聞かされていたから、大丈夫だとは思うが、やはり一番の気がかりなことである。

第四歌集も原稿が、中途半端のままで、このままだと年内の上梓も危ぶまれる。やる気がまったく湧いてこないから、どうしようもないのだが、何とか早く取りかからなければと、焦りが出てきた。

飼い犬のチョコは孫が面倒を見てくれて、二ヶ月になる。どうしているのか気がかりでしょうがない。猫は飼い主より家のほうを大事にするそうだが、犬は逆に飼い主を大事にするそうである。忘れてしまったなんてことはないだろうが、長いこと会わずにいるとやはり気になってしょうがない。

それにしても手術のあと、僅かに十日で退院できるのだから、驚きである。金曜日は主治医の先生が出張だということだったので、その前日の退院を希望した。

退院の手続きの一切を長女に頼み、何やかやを済ませ、病院を後にした。向かう先は妻がお世話になっている施設である。

施設の玄関先に着いたが、どうも今までのようにはいかない。歩くことがままならないのである。仕方なく車椅子に乗って部屋へ行くことにした。いつも、気ぜわしく歩いていた男が、車椅子に乗って押してもらっているのだから、すれ違う入所者の顔見知りの人達が怪訝そうに見ている。恥ずかしいなんていってはおれない。部屋に入り、妻の枕元へにじり寄ると、怪訝そうな顔をして目を見開いている。目の前にいるのが、だれだかわかっていない様子は、いままでと変わりはない。目を覗き込んでいるうちに、妻の顔にかすかな笑みが見えて、目の前にいるのがだれだか、おぼろげに分かったような様子である。

一番気になっていた心配事が一気に晴れた気がしてきた。「待っていてくれたんだ」と思うと、つい涙が出て。辺りがかすんで何も見えなくなる。これ以上声をかけると、声が震えてしまう。ただ、黙って見つめ合う以外にない。照れ隠しに、手を揉んだり足を擦ったりして、周囲の目をごまかしてみるが、その仕草はなんともぎこちない。

Ⅲ　主夫業

みな帰り残りし屠蘇を飲み干せば目玉がまわる地球がまわる

正月には、長女のところの五人と、二女のところの四人がうちに来て、チョコを入れた我が家の三人との、総勢十二人が新年会をするのが上野家の慣わしである。

おせち料理は、それぞれが得意のものを持ち寄ることにしているから、お互いそれほどの負担を感じてはいないと思っている。

妻が元気なうちは、一切を任せていたので何もせずに正月を迎えることができていた。今はそうはいかない。何日も前から、準備に取り掛かって正月を迎えるのだが、結構そのことを楽しみにしているふしがある。

家で準備をする料理と言えば、赤飯は定番で、厚焼卵に煮豆、膾はお手のものだ。お世辞かもしれないが、味は結構評判がいい。孫達がおいしいと言ってくれるのだから、なおさらうれしい。

みんなが一番の楽しみにしていることは、食事の後のビンゴゲームである。暮れのうちにあちこち回って賞品を探すのだが、みんなの喜ぶ顔を思い浮かべながら、何日もかけて探し求めるのも結構楽しいものである。

そうそう、みんなが一番の楽しみにしていることといえば、それは最後のダーツかもしれない。そのダーツもビンゴゲームの中のひとつだが、参加者のみんなは、利き手ではないほうの手でそれを投げ、点数を競うのであるが、その賞品は一年間で溜め込んだ五百円玉を分けたもので、一等賞には、一万円近い当たりがある。みんな目の色を変えて、挑戦しているが、何せ利き腕でないからなかなか思うようには行かない。

ゲームも終わり、後片付けが済むと、妻を施設へ送っていくことになる。二時間近い間、車椅子での妻も大変だったと思うが、じっと我慢をしているようだからなんともいじらしいものである。みんなに見送られて車に乗り込むと家での一切の正月行事が終わりとなる。

後はそれぞれが連れ立って近くのゲームセンターに行き、思い思いのゲームに興じてくるらしいが、ダーツでの賞品がその資本らしいから、いつになってもこのダーツのゲームは止めるわけにはいきそうにない。

みなが家路についた後は、なんとも侘しい独りっきりの現実に引き戻される。わが家の家系はアルコールに強いほうではないから、一合の屠蘇でも、飲み残しがでる。勿体ないので一人で処分するのだが、これがまた、結構堪える。アルコールを断って久しくなるから、その酔いも早い。まるで天井が回ってるみたいで、息遣いもひどくなってくる。ああ、嫌だ嫌だ、もう酒なんぞは飲まないと目をつぶると、あたり一切がまわり始める。かくして、わが家の正月は暮れていくのである。

蠟梅はためらわずして境内にどの花よりもさきがけ匂う

正月三が日が過ぎ、一週間もしないうちに蠟梅が咲き始める。派手ではない花なので、日ごろから気をつけていないと見落としてしまうことが多い。

ジョギングコースの途中に、神社があってそこに植えられている蠟梅が毎年、咲くのを見かけるが、地味で、決して派手さはないが、いい香りを放っている。

梅の花のように、色がいく種類もあるわけではない。限りなく黄色に近い色をしていて、木そのものも梅の木のように、大木にはならないのであろう、大きな木を見たことはない。

妻の実家に手ごろな大きさの蠟梅があったので、分けてもらったことがあるが、移植の時期が悪かったのか、植えた後の管理が悪かったのかは分からない、いつの間にか枯らしてしまったことがある。申し訳のないことをしてしまったと思っている。

毎年蠟梅が咲き始めるころに、気をつけて見ていると、寒緋桜が蕾をつけて、今にも咲き出しそうな様子をしている。少し前までは、緋寒桜と呼んでいた気がするが、彼岸桜と紛らわしいからということで、寒緋桜と称するようになったと聞いたことがある。

蠟梅の花の時期が過ぎてしまうと、視界から遠ざかって、葉っぱの色がどんな形をしていて、いつまで緑を保っているのか、実をつけるのかまでの確かめをしたことはない。

実をつけ、その実に漢方薬にも勝る効能があるのなら、一度ぐらいは聞いていてもよさそうなのに、そんな記憶がないところからすると、蠟梅は一過性の、目を楽しませるだけの花なのかもしれない。

毎年蠟梅はその香を楽しませてくれるのに、年々歳々妻の具合が良くならないまま進行していくことだけが、悩みの種である。

この先も自分が自分でないいままに生きていくのか生きられるのか

いままでに大きな病気に罹ったことはない。健康にはいたって自信があったが、突然心臓の病に取り憑かれて、ペースメーカーを入れることになってしまった。何が原因かはわからない。すっかり弱気になってしまった。しなければならないことは山ほどあるというのに、身体が動いてくれない。ちょっと動いただけで、息切れがして何をすることもできない。

庭の雑草は伸び放題だし、どこから手をつけていいものやら、どうしようもない有様である。シルバー人材に電話を入れてみたが、この時期は忙しいということで、いつになるかは約束できないとのことであった。

部屋の散らかりようも、並大抵のものではない。足の踏み場がないほどの散らかりようだ。はめ込んだペースメーカーには、電磁波がよくないということで、掃除機も使えない。

ごみ屋敷とは言わないまでも、近々そんな様相を呈することになるかもしれない。なんたることか。

妻が元気だったころに、炊事場はオール電化にしてＩＨヒーターに取り替えている。火力も強く便利なのだが、今回思わぬ不都合が生じてしまった。

いろいろ料理に挑戦してみたが、それが不可能になってしまったのである。ペースメーカーを嵌めてからは、IHヒーターが使えなくなったのである。ついうっかりしてIHヒーターの前に立っていて、慌ててその場を離れることが何度あったことか。無用の長物と化してしまったのだ。

MDTクッキングにしても然りで、赤飯を作ったり、鍋物のときは大層重宝していたものが、一気にそれさえも使えなくなってしまった。いまは娘達から贈られたカセットコンロに頼り切っている。

いままでの自分には想像もつかないことが、次から次に起きてくる。体力がなくなると、気力までが追い討ちをかけるように失せてくる。いままでの自分が自分でなくなってしまった自分に、腹立ちさえ感じている。

立ち直るまでには相当な時間がかかるかもしれないが、立ち直らない訳にはいかない。妻を看ていくためには、立ち直らなければいけないのだ。悶々としている場合ではない。そのことは早ければ早いほどいいことは承知しているつもりだが、方策が見つからないでいる。

この先も逢っておきたい人がいる逢わずにいたい人より多い

自分が自分でない気持ちになってしまうと、何かをする気にもなれない。病気に罹ってしまったショックはそれほどにひどい。

この先の車の運転はしてはならないと、娘達から厳しく言い渡されている。不便で仕方がないが、大きな事故でも起こそうものなら、それこそ取り返しができない。忠実に守るほかないのである。

かっての職場のOB会にも顔を出さなくなって、何年になることか。ある時期までは、妻の介護を言い訳に欠席していたが、いまは自分の都合で出られずにいる。

楽しい語らいがなくなった分、家でじっとしていることが窮屈で仕方がない。だからと言って電話を掛け捲ることもしない。顔が見えないままでの会話なんてこれほどつまらないものはないと思っている。

面と向かって会話をしていると、顔色でその人の機嫌が分かろうというものだ。電話だと、受話器の向こうでどんな顔をされているのかが皆目見当もつかない。便利なようでさほど便利だとも思わない。それが電話だと思っている。

車の使用が禁止になって、出かける先がなくなってしまった。いまのうちに会っておかないと永遠に会えないままになってしまう人だっている。

入院していた二週間のうちだけでも、二人もの人の訃報に接してしまった。長いこと会えないままだったので、悔やまれてならない。

この先こんなことはしょっちゅう起こるのではないかと思えてならない。妻の六人兄弟姉妹のうちの三人が他界して、三人が残っている。二人が亡くなったのはつい最近のことである。残った三人もどこかを痛めていて、機会があれば会っておかなければならない人達である。

急に断捨離を思いついて、あれもこれもと捨てたのはいいが、どうも要るものまでを捨ててしまったようだ。小学校や中学校の名簿が見当たらない。連絡のしようがなくなってしまった。そのうち誰かが亡くなったという連絡を待つ以外なさそうだ。

会わずにいたままのほうがいい人よりも、会っておかなければならない人のほうが多い分、気ばかりが焦って動きが取れないままでいる。

夕立をじょうごに集めて胃に流し枯れぬいのちの泉としたい

今患っている病が分かったのは、二年前のことである。息が詰まるような苦しさと、胸が締め付けられ、立ちくらみを覚えて、かかりつけのクリニックを受診したことにある。レントゲンに映し出された画像を見て驚いた。肺が五センチほど水没していたのである。胸苦しさの原因がこれだと、説明を受けた。

体内の水分を減らすための利尿剤が処方され、加えて一日の水の摂取量が一リットルと制限された。夏真っ盛りのこの時期に、たったの一リットルの水で大丈夫なのか。あちこちで熱中症が報じられていたころである。

コーヒーやココアが大の好物で、日に何杯も飲んでいたころのことである。当然のことのようにこれも飲んでは駄目だと言うことになった。

あれも駄目、これも駄目だと制限が厳しくなると、その反動でつい手が出てしまう。その結果、当然のように肺にまた水が溜まって医者通いになってしまう。

主治医に叱られて、止めるが長続きがしない。ついまた口が卑しくなってコーヒーに手が出てしまう有様だ。

こんないたちごっこをしていても始まらない。いい加減見切りをつけないと、本当に命取りになってしまうと諦めることにした。

ぼんやりと外を眺めていると、いきなり大粒の雨が軒端を叩き、瞬く間に雨どいを伝って流れ始めた。草にも木にも慈雨といった感じの雨である。雨に洗い流された後の木々の緑が、実に美しい。

今日一日の制限の水はもうすでに飲み尽くしてしまっている。咽喉が渇いて、まだまだ飲み足りないでいる。この降りしきる夕立を集めて、咽喉を潤すことができたら、なんとすがすがしいことであろうと思いながら、ぼんやりと眺めることであった。

水は日に一リットルが限度だと汗などかいては大変　寝よう

日が暮れると、また蒸し暑い嫌な夜がやってくる。寝苦しくってやりきれない。氷かきでも作って食べたいところだが、ぐっと我慢して寝床に着いた。

切り傷のごとくにわかればいいものを内なる臓器の病のしれず

レントゲンに映し出された内臓の疾患や、MRIでの脳の萎縮などは、医者には分かっても肝心の本人やその説明を受ける家族には、あまり理解ができない。きりきり痛んだり、七転八倒の苦しみでない限り、痛みの原因である局所の症状は分からない。

数ヶ月おきに撮られる妻のMRIがそれで、その進行の具合を前回と比較しながら説明を受けるが、その違いをほとんど理解しないままでいる。

海馬や、前頭葉、側頭葉の萎縮が進んでいると言われても、前回との違いを理解しないままに説明を聞いて終わってしまうことが多い。理解しようと懸命に聞いていても駄目である。

心臓の病に冒されて、ペースメーカーを入れることになってしまった今回の発症もそれである。二年前のカテーテル検査で分かった心臓の病気が、その治療法がまだ見つかっていない難病だと聞かされて、奈落に突き落とされた気がした、あの忌まわしさが頭から離れない。

選りによって、なんでこんな得体の知れない病に取り憑かれてしまったのか。しかもその治療法がまだ確立されていないとは！

造影剤で映し出されたモニターのあの螢烏賊の蠢きは！　富山湾で水揚げされている、螢烏賊のあの異様な輝きが心臓の筋肉に纏わりついていようとは！

べったりと張り付いた螢烏賊は、何を餌食に蔓延していくのか、心臓の筋肉を貪り食って、息の根を止めようとでも言うのか！　その出方がわからないから一層不安である。

テレビを横目に見ながら、胡瓜を刻んでいたら、過って指を切ってしまった。血が出て、その傷の程度も知れる。大したことではない。カットバンでも張っておけば、一晩もすれば治るであろう傷の程度だ。

ことほど左様に切り傷なんぞは、見た目に分かる。それに引き換え、内臓の傷は一体どこがどんな風に侵されているのかが分からない。不安でしょうがないのだ。

以前、一ヶ月ごとに出されていた投薬が、症状の改善が見られずに、二週間おきに変わって、験し飲みをしている。以前は、あまり気にしたこともなかったが、数えてみたら、いまは薬が十錠にもなっていた。

いずかたとしばし探せばやおらして天に点とし雲雀の鳴けり

この辺りは、鍔塚山からの吹き降ろしで結構寒いところである。大根が干されていた櫓がその役目を終えて、片付けられた後は、取り残されたままの大根や、キャベツから一斉に花が上がり、辺りには花の香りが漂っている。

蜜蜂が羽音を響かせて、飛び交っている。近くに養蜂箱は見当たらない。かなり遠くから飛んできて、蜜を集めているのであろう。

春霞の空から、小鳥の声が聞こえてくる。目を凝らして見上げるが、なかなかその姿を捉えることができない。風もないのどかな丘の上だから、近くでホバリングしているはずだ。この声は、紛れもなく雲雀のはずである。

声が落ちてくる方角を、飽きもせずに見つめていると、いた、いた、春霞の中を幽かな点が動いている。紛れもなく雲雀である。今年の初鳴きを聞いたことになる。声を振り絞って囀っている。その姿はただの点にしか見えない。

空高く上がっていくときの声と、降りてくるときの声は、まったく違っている。ひとしきり中天で囀った後に急降下して来て、草原の中に身を隠すが、しばらくして降りた所とはかなり離れたところから、いきなり飛び立っていく。

雲雀の習性で、巣に帰るためには、かなり遠くに下りた後、巣までを隠れ隠れしてたどり着くが、飛び立つときはいきなり巣からなので、その巣はじき見つかってしまう。

飛び立ったところから目を離さずに近づいてみると、草の茂みの中に雛が何羽も動いている。親が餌を運んできたと勘違いしたのであろう、しきりに大声を上げて鳴き叫ぶ。

子供のころに雲雀を飼ったことがある。あのころは今のように、野鳥の飼育がやかましくなかった。雲雀は木に止まることができない。うしろの爪が長くて、止まり木を摑むことができないのである。雲雀用の籠は天井を柔らかい網にしておかないと、天井が堅いと、飛び上がった拍子に頭を打ち付けて脳震盪を起こしてしまうから要注意である。

そんな子供のころに思いを馳せていると、また別の方角から、雲雀のさえずりが聞こえてくる。中天に目を凝らして、また小さな点を探して見上げることであった。

スカイツリー一度はこの目に納めたいこの目の病の進まぬうちに

二年前になる。かかりつけの眼科で加齢黄斑変性という診断をうけた。医師の説明では、この症状が進行すると、物がゆがんで見えたり碁盤の目がいびつに見えたりするのだそうである。治療法は眼球に注射をするのだそうだ。子供のころから注射は怖くて逃げ回っていた。昔は、なにかといえばすぐに予防接種をされた記憶がある。逃げ回って、捕まって押さえつけられるようにして注射をされた記憶が鮮明に思い出されるのである。

ただでさえ怖くてたまらない注射が眼球だなんて、しばらく考えさせてくださいと言ってエスケープするつもりでいたところ、このままほおって置くと失明するのだと言われて、悩むことになった。目には自信があったが、五年ほど前に白内障だと言われて両方とも手術を受けた。おかげでいまは不自由なく眼鏡なしで新聞を見ることができる。怖い思いをして白内障の手術が済んだばかりのところに、追い討ちをかけるように、加齢黄斑変性症との診断である。

眼球への注射は、ワンセット四回の注射で、八週おきにするのだそうである。失明するよりは痛さ、怖さを我慢して、いままでのような視力は欲しい。

いまはその注射のせいか、ものがゆがんで見えることはない。晴天のときの太陽が以前より眩し過ぎる気のするマイナスの点はしかたがない。

病状が進んでくると碁盤の木目がやたらと歪んで見えてきたり、東京スカイツリーがぐにゃぐにゃにみえるのだそうであるからそうなると大変だ。。

妻の介護をするようになって二十年になる。東京へは平成二十一年に、叙勲で皇居に参内したのが最後である。そのころは妻は自力で歩くことが出来たから同伴したが、認知症のほうはかなり進行していたので、一緒に行った友人の奥さんにいろいろ面倒を見ていただいたのでおおいに助かった。

折角の機会ではあったが、妻の面倒見に追われて、東京を見て歩くことは出来なかった。

東京スカイツリーは、テレビに映ったのを見ることはあるが、まだ一度も昇ったことがない。

目の治療のほうは、いま三セットの十回目の注射を受けたばかりである。この先まだ続くのかもしれないし、ある日突然に失明してしまうかもしれない。視力が確かなうちに、まだ見たことのない東京スカイツリーだけは、どうしても一度だけでも目に納めておきたいとの思いは募るばかりである。

草も伸び鍬も錆びつき眠ってるソーラーパネルを植えるとするか

家の続きにちょっとした畑がある。自給自足とまではいかないが、素人なりに思い思いの野菜をつくることができる。

去年は十二、三種類もの野菜を収穫した。にんにくやらっきょうなんかは、土に埋め込んでおくだけで半年先には結構な量の収穫になる。初心者の無精者にでもできる畑仕事である。

夏場に台風が来たり、長雨が続いたりして農家の野菜の収穫が悪いときなどは、野菜の値の変動が激しく、結構重宝する。自分のところで食べるより、隣近所に配るのがこれまた楽しみの一つである。

草取りをしているところに、通りがかりの人が、それが知らない人であっても声かけをしてくれるから、なおやる気が起きる。

「精が出ますね」だとか「よくできてますね」だとかそれがお世辞であってもそんな声かけをしてくれると、ついいい気になって「これ持っていかれませんか」なんて、ありがた迷惑をもかえりみず、虫食いの白菜なんかを土がついたまま、持たせたりしている。

そんな畑つくりも、妻を都城に入院させてからというもの、手付かずの状態になっている。草は伸び放題で、手のつけようがない。そのうちに、そのうちにと思っているうちにどこから手をつけたらいいのか、うんざりするほど蔓延ってしまっている。こうなると、もうどうしようもない。シルバー人材に頼んで、草を始末してもらうか、迷ってしまう。

いま空き地のあちこちに見かけるのが、ソーラーパネルである。日当たりのいい畑なのに、なぜかソーラーパネルが植え込んである。人手がなくなって、おそらくいままでのように、畑を作ることができなくなったのであろう。

家の倉庫にしまったままになっている鍬や鎌は、すっかり錆びついている。こんな農機具の一つ一つを砥いで、それをいままでのように使えるようにするには、大変な労力がいる。考えただけでも気が遠くなる。

電気を溜め込んでそれを売電して、足しにしようなんて考えは毛頭ない。ただ、いまは畑仕事ができない、ただそれだけのことで、諦めの境地に陥っているだけのことである。

騎馬戦は組んずほぐれつするものぞただ鉢巻の取り合いを見る

秋の運動会のころになると、そわそわしてくる。この歳になっても待ち遠しくて仕方がない。身内のだれかが関係しているうちは、はやる気持ちを抑えることが出来ないのだ。

ことしは、次女のところが中学校と小学校の最後の運動会である。小学校のほうは雨続きで延びになり、結局平日の開催となり、家族の応援も少なかった。

だれの時でも、赤飯と厚焼き卵は必ず届けることにしている。というよりも、最初から当てにされているようなものなのだ。そのことがまた、嬉しくてしょうがない。

中学校のほうは、夏休みが明けると、短期間の練習だけで開催されるから、徒競走がほとんどで、多くの練習を必要とする団体競技などはほとんどない。

組体操が消えてしまっているのは、残念で仕方がない。こんな競技が残っていれば、お互いの絆はもっともっと深まるのにと思うことであった。

棒倒しは競技としてまだ続けられていたが、その方法は様変わりしていた。棒の先端が地面につけられたら負けで、そこで勝負がついたことになるのだが、今の競技は違っていて、土台部分が持ち上げられると、その時点で勝負あったということのようだ。

騎馬戦に至っては、もっと寂しさを感じた。三人一組で馬を作り、その上に一人が乗って戦うところは一緒だが、なんと騎乗しているものの鉢巻をむしりとればその時点で勝負がついたことになっていた。

騎馬戦というものは、相手を地面に引きずり落としてこそ、勝負あったと言うものではないか。組んずほぐれつ、地面すれすれに落としかけられても、馬も一緒になって激しく戦って、なんとしてでも相手を引きずり落とす、そんな戦いではないのだ。

もやもやしたままで、消化不良のままに終わってしまった。なぜこんな戦いの騎馬戦なのか、よっぽどそこを質してみようと思ったが、孫達に迷惑のかかることだと思い直して、黙っていることにした。

後になって聞くともなく耳にしたのだが、地面に叩きつけるまでの戦いにすると、怪我をする生徒が出るからだと言うものであった。

過保護もいいところだと、変に納得をせざる得ない一件ではあった。

大車輪いまでも出来るできるはず娘もその子も「止めて」と拝む

自慢ではないがという話ほど、自慢たらたら以外の話は聞いたことがない。人に自慢したくてたまらない場合は、だれでもがよく使う手法である。

歳はとったが、まだやれるはずだし、やれるうちに一度だけでも見せておきたいと思って、子や孫に、鉄棒で大車輪が出来ると言ってみたが、だれも信用しないし、年甲斐もないことを、怪我でもしたら大変だから止めてよと、無下に断られてしまった。

そうなると、意地でもやってやるぞという気が湧いてくる。子供のころから、動きが早くて、言ってみればすばしっこさでは人後には落ちない自信があった。

中学生のころ、見よう見まねで鉄棒にぶら下がって、懸垂や蹴上がりをやっているうちに、一週間もすると大車輪が出来るようになっていた。

内村航平選手や白井健三選手のような、あんな派手さは勿論ないが、曲がりなりにもバッテンはそれなりに出来てはいた。器用だといえば、器用だったのかもしれない。

高校時代に器械体操部というのがあって、一度入りかけたが、通学に時間がかかるところから通っていたので、結局何にもやらなかった。

春になって、周りの空気がうきうきし出すと、身体がじっとしていられなくなり、近くの公園に行って草原で倒立をしてみたり、鉄棒にぶら下がって逆上がりをしたりしてみると、まだまだ結構できるのである。

いま妻が世話になっている施設には、通所の人たちが使用している平行棒が置いてあり、理学療法士の介助のもとで、おもに歩行訓練に使っているようである。通所の人たちが退所した後、平行棒を握ってみると、結構身体が動いているのを感じた。うん、これならいけると咄嗟に自信を取り戻した。八十二歳になってもまだまだ身体は動いていると自信を持った瞬間だった。

毎日のように平行棒にぶら下がって、自分なりの体力維持に努めているのだが、それを管理している責任者がいるときは、決して使わないことにしている。注意されたことはまだないが、施設内で怪我でもされようものなら、施設を管理しているお役所に申し開きが出来ないと思うからである。あるいは、責任者の方は、「あっ、またやるのかな？　止めてくれ！」と隠れて見ているのではと思えば、この先そう長く甘えてばかりもいられないなと思う昨今である。

ここのところ、天気がパッとしない。雨模様が続いて身体がなまってしまう。畑仕事も出来ないし、コーヒーばかり飲んでいたら、またぞろあの忌まわしい胸苦しさに襲われた。水分の摂取は日に一リットルと医者に言われていたのを思い出した。

心臓の病を抱えているのだから、出来ることなら元気なうちに、子や孫に是非に見せておきたかった大車輪だったのだが、これから先そんなチャンスはないだろうと思うことであった。

この顔が十年先まで続くのかカメラを睨む目がテンになる

二度目のパスポートの切り替えの時期が間もなくだ。十年前に切替えてから、その分は一度も利用しないままで、今回の切り替えの時期となってしまった。

勤めを辞めた年に、いろいろと支えになってくれた妻への恩返しをしなければと思い、それには海外旅行が一番であろうと、パスポートを取得したのであった。

最初は五年ものにしたが、あっという間に切り替えが来た気がする。だれもが一度はハワイへ行ってみたいというのと同様に、われわれ夫婦が最初に出かけた先は、なんの迷いもなくハワイであった。

個人でいろいろ計画を立てて、あちこちに行くというほどのマニアではないが、それでも行ってみたいという所はいくらでもある。

旅行会社のツアーに乗っかるのが無難だし、どこかへ出かけるのは決まって新聞折込を見て、決めるといった具合であった。

山峡下りのツアーに参加して、揚子江の船上で三日もかけての旅行に参加したことがあったが、妻はさすがに疲れた様子であった。

妻はいま、介護老人施設に入所しているから、旅行どころのはなしではない。おそらく将来元気になって、またぞろ、一緒に海外旅行に出かけられるようになる保証はどこにもない。それどころか、この先、自分自身が海外旅行ができるかの保証はどこにもないのであるが、それでもパスポートの切り替えだけはしておく必要がある気がしている。

それがいつのことかは分からないが、兎に角、切り替えだけはしておくべきだという結論に達した。パスポートの写真はいろいろ条件がある。十年先までもたせるのだから、背広にネクタイを締めて、そうだ、遺影にも使えるようにと、写真館を訪れてみた。

畏まって写真を撮ったという記憶は、最近ではない。いまはどこの家庭でもデジカメがあったり、スマホで間に合わせているから、なおのことである。

本格的な写真機に睨みつけられると、緊張してきて、ごちごちになった自分に気付く。この写真は、十年先まで持たせる写真だからと思うと、一層固まってしまう。店主が緊張をほぐそうと、声をかける分、なお固まってしまう。

出来上がりを見ると、「やっぱり」と思う写真がそこにはある。これでは、本来のパスポート用だけだな、と思い直して遺影の分はそのうちに撮り直そうと思うことであった。

歌一首生るるまではと露天風呂紅葉の中にまどろみおりぬ

久しぶりに青井岳温泉に出かけてみた。妻が元気なころはせがまれて、週一の割りで欠かさず行ったものだ。

いつ行ってもここは、多くの人が湯治に来ている。宮崎からも、都城からも等間隔の位置にあって、静かなところで周囲が山に囲まれているところがとてもいい。何よりも泉質がよくて、湯上りには肌がつるつるした感覚に纏われるから、とてもいい感じである。いわゆる美人の湯という温泉なのである。

平日は、ご近所様といった感じで、顔見知りがほとんどである。何のことはない、老人会の集まりみたいなものなのだ。

都城から来ているお年寄りの人たちは、農家の人が多いようだ。筋骨隆々で逆三角形の陽に焼けた、いい身体をしている。老けた顔とのアンバランスを感じる。

エッセイ集の期限も迫っている。なんとか出版元との約束の日までに原稿を仕上げなければならないが、一向に進まない。気ばかりが焦る。

露天風呂に浸かって青空を仰ぎ、周囲の木々の移り変わりを見ていたら、なにか一首は出来るだろうと思って粘っているうちに、うとうとしている自分に気がついた。

ここのもみじは葉は小さくて、色も鮮やかな真っ赤である。他所ではあまり見かけない。そんな赤を引き立てるように、ほかには公孫樹の黄葉があったり、同じ紅葉でも淡い色をしていたりで、目を楽しませてくれる。

「下手の考え休むに似たり」まったくもって何も浮かんでこない。なにやら人の話し声にそっと目を開けて聞き入っていると、焼酎談義である。三人してよだれを流さんばかりの顔をしている。見るからに呑み助の三人のようである。結局落ち着くところは大抵同じようなもので、飲めさえすれば何でもいいと言うことであった。


銘柄にこだわりはない飲めばいい温泉で聞くとなりの会話

湯に浸かりすぎて、指先は梅干のように皺しわになってしまっている。いい加減のぼせてしまうところであった。

三人のお陰で、やっとこさ一首ができた。出来具合よりもいまは数が問題である。忘れないうちにと、かけ湯もそこそこに上がることであった。

森友のニュースを見ながら納豆を矢鱈と混ぜるなおなお混ぜる

最近の世の中は、何かにつけ腹の立つことが多い。いや、多すぎると言ったほうがいいだろう。特に、政治家のいい加減なごまかしには我慢が出来ない。平気で嘘をつくからどうしようもない。どうしようもないと言って、そう簡単に片付けられるものではない。早い話、責任問題なのだ。テレビで国会答弁をみていて、腹が立って仕方がないことがある。あそこまで言ってしまえば、それはもう責任問題もいいところだ。辞めて当然だし、辞めざるを得ないことだと思うのだ。「妻やわたしが関わっていたのなら、総理の職は辞めますし、国会議員も辞めます」とまで言い切っていたのを思い出す。

あの森友問題では、近畿財務局の職員に自殺者まで出たではないか。そのことで、その上司のだれが責任をとったか、だれもとってはいない。関係者のだれもが知らん顔をして、ただ、時間が通り過ぎて、ほとぼりが冷めるのを待っているといった感じでしかない。

ひとりで夕飯を食べようかというときのことである。連日森友の問題が放映されていたころで、もういい加減にしてくれとの思いが強まっているときでもあった。

納豆は朝食と夕食時には食べることにしている。大豆は畑の肉と言われるくらい、栄養価があると聞いてからは、欠かしたことがない。運悪く、今夜はその納豆が犠牲になることになった。納豆は、食べる前に混ぜれば混ぜるほどいいのだと聞いたことがある。

いつもだと、百回くらいで手をとめるところだが、今夜は矢鱈と手が動いて一向にとまらない。納豆はというと、粘り気がなくなってしまってまったく、糸を引かなくなっている。口にしてみると、ぼそぼそした感じで、いつもの納豆らしさがない。

世の中なにが犠牲になるか分からない。いつもだとおいしく食べるひとりでの夕食が今夜ほど味気ない、いや仕方なくかき込んでしまったといった方がいい夕食になってしまったのである。納豆が可哀想でたまらない。

　本当はあったと思うあんなこと気色ばみ言うなかったと言うぅそ

人間正直でなければならないはずなのに、いまの世の中、どうしてこうも騙しあいが続くのかと思うことであった。

母もした妻もしていた真似をして洗濯物を叩いて干せり

わが家の女性陣はだれもだれもが洗濯が好きである。風呂に入る際の着替えものは、翌日にまわすことはしない。脱衣所に置いてある洗濯機に放り込んでその日のうちに洗濯は済ましてしまう。天気予報があしたは雨模様と言っても、洗濯を済ましておく習慣は変わらない。サンルームがあるからなのかもしれないが、兎に角その日のうちにできることは済ましておかないと気がすまないようである。お陰で夏でも汗臭いシャツなどが、放置されたままなんてことは一度もない。洗濯機から取り出して干すときの様子は、みな一様である。取り出したものを先ずはたいてから左手に乗せ、パン、パパン、パン、パパンと決まって叩くのである。心地よい音がサンルームから響いてくると、実に気持ちよく感じるものだ。

妻が患ってからは、家事一切をこなすことになった。お陰で料理のレパートリーも増えたし、部屋の掃除もそこそこ手抜きなくやっている。

洗濯といえば、結婚したころのような盥に洗濯板を立てかけてやっていたのとは違って、洗うものを洗濯機に放り込んで洗剤を適当な量入れておけば、時間通りに洗ってくれる。その間、食事後の茶碗洗いをしたり、翌日の塵だしの準備やら、貴重な時間が持てる。

ブザーの知らせで、洗いあがった物を取り出して、あとはみよう見真似で妻がやっていたように、パン、パパン、パン、パパンと叩いて干すのである。

サンルームに干していても曇りの日などは、さすがに乾きが悪い。除湿機を入れたりしても乾きがいまいちのときは、暖房機の前にハンガーにさげて、その日のうちに乾かすようにしていたようである。これらの一連のやりかたを真似て、家事一切をこなしている。

だが、折角気持ちよく乾いても、畳むのに苦労しているのが実情だ。たんすに仕舞い込むまでが洗濯の一連の行為と心得ている。ぐしゃぐしゃのままでは格好が悪い。

よく心得たもので、次女が勤めの帰りに立ち寄って、きれいに畳んで置いてあることが多いから助かる。本職の洗濯屋さんが畳んだようにきれいに畳んで置いてあるのを見ると実に気持ちが良いものである。

この先、洗濯を楽しみとしてやっていくために、あのパン、パパン、パン、パパンという心地よいリズムと付き合っていきたいものだと思う。

ほころびを繕うぐらいはできるけど娘も喜ぶだろう　呼ぼう

妻が入院してからというもの、家事万般をうまくこなしているつもりだが、そこはそれ、男のすることだから、何かにつけて大雑把なところがある。

洗濯は、洗濯機に放り込んで洗剤を入れておけば、機械がちゃんと洗ってくれるし、食事後は茶碗や皿を洗って食器乾燥機に入れて置きさえすれば、時間が来ると乾きあがっている。

面倒なのは掃除かもしれない。畳の上のほこりなどは、掃除機があらかたは吸い取ってくれるが、廊下の犬の足跡などは、やっぱり雑巾をかける以外にはない。寒い時期の雑巾がけには苦労する。お湯を使わないと手がしびれてしまいそうだ。

雨の日には、用足しに外へ連れて行くことが出来ないし、我慢できなくなると犬は大抵は風呂場にいって、ちゃんとやってくれるが、機嫌が悪いときには、これみよがしに廊下の柱にひっかけてしまう。

防臭剤を吹きかけていても、犬は自分の好みの場所で用足しをするから、始末が悪い。飼いはじめた最初のしつけが悪かったからだと諦めている。

季節の変わり目には、たんすの中を引っかき回して、着るものを探す。仕舞い込む前には、ちゃんと日に干して防虫剤を入れてしまいこむのだが、それでもどうかすると、虫に食われて、綻びている物があったりする。

ボタンの取れたのを付けるぐらいは、簡単に出来るしだれに頼ることもないが、セーターの虫食いを繕うことは、さすがに男には出来ない。そんな時には仕方なく娘達に頼むことになってしまうが、それはそれでいいことだと思っている。

セーターの虫食いの繕いまで自分でやるようになってしまうと、娘達だって寂しくなることだろうよ。

この程度の面倒は、いつになっても止めちゃあいけないことだと、娘達を立てることにしている。

ファスナーは左開きにと仕立屋に下着はどうかと問われて迷う

二十年来懇意にしている仕立屋がいる。それまではほとんどが量販店のぶら下がりもので間に合わせていたが、退職を機に、三つ揃えを誂えることにした。

元来、左利きで字を書くことと、箸を持つ以外は何をするにも左である。この際だからいっそのこと、ズボンのファスナーは左開きにしてみようと思って、その彼に話しをしてみた。

彼曰く。今までそんな仕立てをしたことはないが、是非にと言うことであればやってみないこともないが、下着はどうか。それは右開きだろうし、かえって面倒なのではないかと言うのである。

言われてみればご尤もなことだ。用足しでいちもつを摘まみ出そうにも、かえって難しいことになるだろうと言うのである。ズボンの左開きなんて今まで作ったこともないし、試しに作らんでもないが、下着までは無理だと言う。

もちろん下着までとは言わないが、土台無理な話しだとは思っていた。今までなに不自由なくやっていたものを、左利きだからと言ってズボンのファスナーまで左開きにする必要性があるかっていうことだ。

面白半分にそんなズボンを仕立ててみようと思ったが、三つ揃いを着る機会だってこの先、そうあるものでもない。ならば何も無理してそんなものを作る必要があるのかと言うことだ。

最近左利きの人をよく見かける。ファミレスでもそうだ。女性の客が左で、平気でしかも器用に食事をしているのを見かけることが多い。

野球などでは、左利きは結構重宝がられている。他のスポーツだってそのチームに左利きがいるだけで随分と戦術に違いが出てくるというものだ。

だが、今回のこの問題は、そんなことではない。只、自分の勝手と思いだけで左開きのファスナーにしてみようかということに過ぎない。

この世にたった一着きりの左開きのズボンがあったら、そりゃもう、博物館行きではないか。そんな面白さを作り出してみようかということだけで、さほどの理はない。

仕立屋から電話があった。いまの世の中、みんながぶら下がりばかりに頼って、身体に合わせて背広をつくろうなんて人は、あんた以外には一人もいない。店仕舞いをしようと思っているが、今でもあのズボンを作る気があるのかというのだ。

彼の生業を助けるためには、「よし作ろう」と言うべきところだったが、ほとぼりも冷めてどうでもいいという気持ちに取り憑かれていたときだったので断ることにした。

左開きのファスナーのズボンがこの世に存在しなくなったのは、いっときの気ままな思いつきからであって、これがなければ困るものでもなかったからに過ぎない。

主夫業であがった腕を見て欲しいどうだ筑前煮のこの味は

二人の娘が差し入れをしてくれるから、なんの不自由もないのだが、あれを食べたい、これを食べたいと贅沢ばかりを言ってもおれない。

どうしても食べたいものがあると、台所に立って、何時間もかけて挑戦してみる。そんなときに限って電話がかかってくるものだ。目を放した隙に鍋を焦げ付かせたことが何度あったことか知れない。

飽きっぽい性格で、うまく行かなくなると途中で投げ出してしまうのだが、こと食い物に関してはそうはいかない。腹が減ってくるとつい苛苛してしまうが、食事抜きではすごせないので、我慢しながら何度も、何度も挑戦してみるのである。

そんなことがあるから、料理の腕前もかなり上がったと自分では思っている。レパートリーだって半端じゃない。秋になると待ち遠しいのが栗で、その渋皮煮は娘や孫達がみんなして待ち焦がれている定番のひとつである。

沸騰した湯に栗を入れ、指が入れられる程度になったら栗の鬼皮を剝いて、タンサンを入れて、灰汁抜きを二度ほどして、渋皮をきれいにとって最後は水で煮込む。湯が透明になったところで仕上げに砂糖を入れるのであるが、一キロの栗には六百グラムの砂糖が要る。この上はない栗の渋皮煮のできあがりである。

評判のもうひとつに厚焼卵がある。誕生日や運動会のときには、必ず作ることにしている。何がおいしいかって、目分量での砂糖加減がその決め手ではないかと思う。

誕生日には必ず作っているのが、赤飯で年に家族の分だけ作るから、十四、五回はくだらない。運動会に届けたりすると、孫のはじける顔が見られるから、止められないのである。

一人でいると、つい好きなものばかりを作って栄養のことなど考えなくなってしまう。そんなことが解消できるのは、具沢山の野菜料理ではないかと、最近挑戦してみたのが、筑前煮である。思いっきり太めにカットした大根、人参、じゃがいも、ごぼう、サトイモを煮込むのであるが、鶏肉が一番あっている気がする。肉を柔らかくするために入れる蜂蜜がその隠し味である。もう二人とも亡くなっているが、妻の実家の兄嫁が鶏肉を煮込んでいるところを垣間見たことがある。それが企業秘密とでも言おうか、蜂蜜だったのだ。兄嫁の味が忘れられず、見よう見まねに挑戦しているうちに、筑前煮のあの味が自分のものになったのだと思う。

地方によって「うま煮」と言ったり「含め煮」と言っているようであるが、それは福岡の筑前煮と言ったほうが一番合っている気がする。

これからの齢を支えてくれるのはおのれの手料理それかと思う
娘や孫がかくも喜びくるるならまた作ろうか厚焼卵
味噌汁を焦げつかせたは五日前今宵は鯖のみそ煮が被害
渋皮煮孫の喜ぶ顔見たさ深夜にひとり鬼皮を剝く

自家製の甘酒を飲むこれがまた滅法にうまいひとり嗜む

酒と言うよりもアルコールを止めて十年以上になる。もともと晩酌はしなかったが、何かの機会で飲むときは、それはもう浴びるほどに飲んでいたものである。

職場での忘年会であったり、懇親会などでは、盃と徳利を持ってそこに出席している人のところへは、誰ひとり欠かすことなく盃を酌み交わしたものである。

出席している者はだれもが、司会者の挨拶や乾杯の音頭が済むやいなや立ち上がり、だれそれの順番もなく、回遊していく姿をあきれ返って見ていたようである。

アルコールを止めたのには訳がある。止めたというよりそんな会合に出なくなったといったほうがいいだろう。

加齢とともに体力の衰えを感じるようになったのもその理由のひとつだが、大きな訳は妻の発症にある。自分ばかりがいい思いをして、飲みまわっている間に、認知症の妻をひとりで置いていたのでは、何が起こるやもわからない。そばにいて、面倒を見ていくことが、これまで支えてもらっていた妻への恩返しであろうと思うようになったのである。

アルコールの一切を止めて、口がさびしくなったということではない。だれに聞いたのかは定かではないが、甘酒ほど身体にいいものはないというものであった。そのまま口にしても良いし、料理の味足しにすれば、それは何にでも重宝すると言うのである。

甘酒を作るには、麹を使うのと、酒かすを使うのとあるらしい。麹を使った場合は、日がたつと醱酵して、酸味が出てくるらしい。

子供のころ、母親が甕つぼに麹を入れて、それに炊き立てのご飯と混ぜ合わせてから、その甕を毛布でぐるぐる巻きにして、押入れに入れて作っていたことを思い出した。

出来上がってすぐの甘酒は、結構子供にも人気があったが、しばらく経つと、それはもう大人のものでしかなかったことを覚えている。

探せば見つかるのかもしれないが、麹はやめて酒かすでの挑戦である。熱いご飯と酒かすを混ぜ合わせるだけで出来上がる。口にすると、適当な甘さが口中に広がる。われながらよく出来たと、その旨味に惚れ惚れとする。

にら玉に甘酒を入れるとおいしく出来あがるという料理番組があった。大匙三杯の甘酒を入れるだけのことらしい。果たせるかな、ふわふわのにら玉の出来上がりである。

またひとつレパートリーが広がった。早速孫達にも作って届けようと思ったが、おそらくにおいが嫌だと言って断られるに違いないと思うと、その気は失せてしまった。

疲れたとき、ほかにおかずがない時などには手間のいらないふわふわにら玉を作ることにしている。

甘酒の効用にほれ込んで作る料理は、妻がそばにいなくてもおいしく口にすることの出来る料理なのである。

ぜんざいを作ってひとりで吐くほどに食ってみたいよ寂しい夜は

毎年一月十一日の鏡開きには、ぜんざいを作って娘達のところへも届けるのが慣わしである。果たして喜んでもらえているかは疑問なのではあるが。

前の晩に小豆を水に浸しておき、朝起きてすぐに炊き始めると一時間もしないうちに出来上がる。味見をしてみるとなかなかにいい甘さになっている。朝食代わりに腹を満たす。

塩加減も適当に効いていて、抜群の出来上がりである。いつ、何度作ってもこれこそがぜんざいという味に仕上がる。塩も砂糖も目分量のところがいいのかもしれない。

妻が厨房を離れて五年になる。台所に備え付けの調度品はそのままであるが、何をどんな風に使うかは勝手気ままにやっている。結構馴染んできた感がしないでもない。

何度も何度も温めなおすと、煮詰まって余計に甘みが増してくる。これだからぜんざいは止められない。

博多の川端通りに「川端ぜんざい」というのがある。どんぶりに大きな角餅が入っているが、なぜ角餅なのかは分からない。そんなことを疑問に思うのは、以前西日本のほうの餅は丸餅で、東日本のほうは角餅だと聞いたことがあるからである。

当時、いくらしていたのかは記憶にないが、大きなどんぶりになみなみと注がれたぜんざいが、安かったことだけは覚えている。

そこに来るお客さんの年齢層は若者が多かったことも、よく記憶に残っている。店主はまるで力士かと思われる大男の兄弟であった。兎に角、忘れられないぜんざいの味であった。

ぜんざいを作るたびに、あの川端ぜんざいを思い出しては作っている。作るたびに腕が上がっている感じがする。材料は何ひとつ変わらないのに、どうしてなのかは今もって分からない。

食欲がないときには、決まってぜんざいを作る。それも中途半端な量ではない。小豆は二合以下では作らない。ひとりで、一度では食べおおせない量を作っておいて、何日もかけて煮詰まったのを食べるのをモットーにしている。

妻がいま、そばにいようものなら、「またぜんざい?」と言うに違いない。それほどぜんざいには目がないのである。

牡丹餅もおはぎも作りたいけれどこの世の息が足りないようだ

赤飯、ぜんざい、おはぎ作りは得意中の得意である。中でも一番手間のかかるおはぎ作りにかけては、玄人肌だと自分では思っている。

店頭に出ている餡は柔すぎて使いものにならない。餡はわざわざ餡屋に行って買うことにしている。長年の付き合いだから、餡屋も行くとよくサービスをしてくれる。盛り具合をよくしてくれるのである。

家族内でも好みはそれぞれで、漉し餡を好む者もいれば、つぶ餡がいいという者もいる。大抵は漉し餡で作るが、それはつぶ餡で作るより形の整えがうまくいくからである。

手間がかかった分、出来上がったときの達成感はなんともいえない。みんなしておいしいといって食べてくれるから、尚更に作り甲斐がある。

毎年のように、彼岸にはおはぎを作ったものだったが、この先、今までのようにはいかなくなった。長時間の辛抱ができなくなってしまった。

餡を火にかけて、根気よく練り上げるのだが、電磁波からペースメーカーを守るためには、ＩＨコンロに向き合うことができないし、餡作りをだれかに頼むわけにもいかない。

餡作りだけのことではない。何をするにも、飽きっぽくなってしまって、長続きがしないのである。術後の回復が遅れている感じで、何をしても長続きがしないし、息切れや大層な疲れは以前と変わりがない気がしてならない。

脈拍は設定の六十を保っているが、少しの無理が利かない証拠には、やる気、根気が失せてしまったことだ。

布巾を湿らしてその上で餡を伸ばし、炊き上げたもち米を軽く潰して丸め込む。春の牡丹餅も秋のおはぎもこんなにして作るのだが、この先、そんなことの繰り返しが不可能に思えてならないのである。

カステラを三時にひとりで食べるとき敷紙のザラメまで舐めてみる

三時のおやつは何よりの楽しみである。甘いものだったら何でもいい。羊羹なんぞはひとりで大方一本は食べても平気である。年に一回定期的に受診している検診でも、血糖値で引っ掛ったことは一度もない。

子供のころ、こんな宣伝文句があった。

カステラ1番　電話は2番　3時のおやつは文明堂

文明堂のカステラは有名だった。いまは福砂屋というところのカステラがうまいらしい。いや、確かにうまいのである。そうそうカステラばかりを食べているのではないが兎に角、子供のころには、カステラやバナナなんぞは、病気でもしない限りそうそう口にできるものではなかった。カステラと言えば、文明堂だけで作られるものだと思っていた。

それがいまはどこの店に行ってもカステラはお目にかかることが出来る。妻が入院してからというもの、口が卑しくなって三時のおやつは欠かしたことがない。甘いものだったら何でもいい。ぜんざいを作ってひとりで何日もかかって食べることだってある。

出来上がった歌集を送った先の友達がカステラを送ってきた。長崎のあの福砂屋のカステラである。しかも三本入りの大きな箱である。さすがに賞味期限が気になって確かめたら、一ヶ月は大丈夫のようだ。開けてみると昔のカステラとは違って、いちいち包丁を入れなくてもいいように切れ目が入っている。なんとも親切なことであることか。

熱いお茶を入れるのももどかしく、まずは一口ほおばってみる、うーんうまい！　やっぱり長崎のカステラに限る。もう一切れを食べる。ほほが落ちるくらいにうまい。敷紙についているザラメを舐めてみるとこれがまたうまい。ほかに誰もいないから出来るのである。妻がそばにいようものなら、なんと行儀の悪いことかと、咎められるところだが、脇にいないからこそ出来る至福の時間なのである。

孫が勤め先の会社で軟式野球をやっているが、県内では上位にランクされる強いチームのようだ。この前、試合で長崎に行ったといって、みやげを持ってきてくれた。行った先のみやげを、よく届けてくれる孫だが、果たせるかなこの包みは紛れもなくカステラのようだ。それにしてもカステラにしてはちょっと軽い気がする。開けてみると、ややなんと、カステラのラスクではないか、どうもあの、ずっしり感がないと思ったらやっぱりそうか。

孫からのみやげだから、ありがたくいただいたが、それにしてもカステラはやっぱりあの重量感のあるカステラが一番だとつくづく思ったことであった。

だれの目を気にすることもない三時のおやつにカステラを食べるときには、この先も敷紙のザラメを舐める自分がいることであろう。

一合の七草粥でもひとりでは二日がかりでなおなお残る

うちでは結婚当初から七草粥を食べることが、習慣になっている。七草はいつものことながら、スーパーで買うのだから、どこのものだと限ったものではない。熊本のであったり、西米良のであったり、店頭に並んでいるのを買うのだが、近くの農家のものは見かけたことがない。せりなんぞは、ちょっとしたあぜ道なんかでよく見かけたものだが、最近は、とんと目につかなくなった。せり、なずな、ごぎょう、はこべら、ほとけのざ、すずな、すずしろ、これぞ七草なんて子供のころに教わったものだが、最近は自生の七草を見かけなくなった気がする。

気をつけて探せば、そこいらの畦道に見かけるのかもしれないが、容易に手にすることが出来るものだから、それを摘んでまで粥を炊こうとは思っていない。

時間がもったいないというよりも、自然とのかかわりを持つことに興味が薄れてきたのかもしれない。

実際は、妻の介護に追われていて、川原を歩き回って七草を探す、そんな余裕がないのだと言ったほうが当たっているのかもしれない。

妻がまだ元気だったころ、ふたりして清武川の河川敷を散策しながら七草を摘んだ記憶がある。えびのの大自然の中で育った妻は、草花の知識が実に豊富で、これはなに、あれはなんだと問わず語りのうちにいろいろ教えてくれたものである。

そんな思い出のところを歩く余裕を作らなければと思うが、思うだけで実行に移せないでいる。

正月の七日に七草粥を食べるのは、正月のご馳走の食べすぎで、あれた胃を正常に戻すために食べるらしいが、お粥そのものが弱った胃の調整にはいい気がしている。

普段は二合の米を炊いて、それを二日がかりで食べているが、お粥となるとちょっと様子が違って、炊飯器の表示だと一合でも白米三合を炊く水の量になっている。

少々の水加減にはこだわらないほうで、アバウトなところがこれまた、男の料理の特徴なのかもしれない。

夜に仕込んで、朝五時半に起きて早速お粥の出来具合を覗いてみると、こりゃ、なんとしたことか、二合の飯を炊いたときよりもお粥の出来上がりのほうが多いではないか。

どんぶりに熱々のお粥をよそって、鰹節を醤油漬けにした、そこにとろとろの南高梅の梅干を入れ、お粥にまぶして食べるとこれまた、おかずはなんにも要らない。

あまりのおいしさに、また半分をよそって食べたがまだ残っている。夕飯に食べてもまだ残るほどの量のお粥ではあった。

あまり食欲がないときなんぞは、よくお粥を作って食べている。独り身だとこんなときは何をしてもいいから気楽なものである。

列を見て匂いにつられて並びいるわれもひもじきひとりとなりぬ

宮崎にはうまいものを食べさせてくれる店があちこちにある。中でも一番のお気に入りは、おぐら屋のカツカレーである。本店が街なかにあって、昔から客足の途絶えることのない店である。街へ出ると決まってカツカレーを食べることにしている。昨日食べたからきょうはもういい、別のものにしようなんて気にはならない。

本店は細い路地裏通りにあって、手狭なたたずまいの店である。むかしそのままの造りで二階もあるが、一人で行くときは決まって一階のカウンターで済ませることにしている。

以前は郊外にも支店がいくつかあったが、いまは県庁の近くに一店舗があるだけである。その支店の店長と変なことから顔見知りになって、いまはそっちに行く機会のほうが多い。

十一時の開店前から、順番表に名前を書いて列をなして並んでいる光景は、いつになっても変わらない。

その支店には、自分で勝手に決めた指定席があって、よほどの込み具合でなければ、そこに案内してくれることになっている。

　窓際で、外の眺めもよく一等落ち着く席なのである。決まって注文するのは、いつも例のカツカレーである。最近は、歳のせいか量が多い気がしてきた。残すのも悪いし、ライスを少し減らしてもらうよう注文できるのも遠慮のない店である。

　サラメシよろしく、決まっていただくカツカレーほどうまいものはない。込み合っているとかなりの時間待つことになるが、メモ用紙を取り出して歌の一首をひねり出すのも楽しい時間なのである。


　長いこと税務申告をすることもないままに過ぎてきたが、妻の年間の医療費が多額にのぼり、少しは還付金がありそうなものだと、申告の説明会に出かけてみた。果たせるかな、僅かばかりではあるが還ってくるというのである。

　何回分かの食事代にはなりそうだ。振込みは三週間後だろうとのことであったが、還ってきさえすれば、それはいつだっていい、思わぬ収入だと嬉しくなってきた。

　駐車場に車を取りに行く途中、カレーの匂いが漂ってきた。そうか、ここからほんのちょっと入った所に、例の本店があるのだ。釣られてそこへ吸い寄せられて行ってみると、列をなして順番を待っている。

　昼どきの相変わらずの光景である。この並び具合からすると三十分は待つことになるかもしれない。急ぐ用事もないし、折角匂いに釣られてきたのだから、ひもじさを抱えたまま待つのも、久しぶりのことだと腹をぐうぐう言わせながら、カツカレーを待つことにした。

天ぷらを揚げてる妻の傍らでつまみ食いした日もあったっけ

台所から二階にまで漂ってくる油の匂いにつられて下りていくと、やっぱり！　天ぷらを揚げているところである。兎に角妻の作る料理は、何をやらせてもそりゃ上手だった。

都城では、かき揚のことをガネといって、とってもうまい郷土料理のひとつでもあるが、妻はそれも得意料理の一つである。

さつまいもに、人参と玉ねぎを混ぜ合わせた揚げ物で、揚がったその形が蟹が精一杯足を伸ばした格好をしているところからガネと呼ぶのだそうである。揚がる傍らから、つまみ食いをするのが、これまた一番にうまいのである。みんなの食卓に上がるころには、大方半分に減ってしまっているが、妻は最初からそうしたことは計算ずくで作っていたようであった。

背筋がピンと伸びたエビフライなんぞは、そりゃもう本職はだしの揚げようである。なんでも、そのコツはえびをまな板の上に置いて、その背骨を軽く折っていくのだそうだ。どこでだれに習ったのかは定かではないが、兎に角手馴れたものである。

台所は自分の居城と心得ていて、いつもピカピカに磨き上げられていて、流し台なんぞの汚れを見たことはなかった。

男子厨房に入らずの例えではないが、そんな妻のお城に土足で踏み込むなんてことは恐れ多くて出来るものではなかったが、唯一、つまみ食いで入ることだけはどうしても我慢が出来ないことだった。

酢の物を作って、その味見をするときの様子が、これまた、なんとも艶かしいのである。箸でつまんで左手の甲に乗せ、舌先に乗せて味わうその姿のなんと粋なことか。いつ見ても惚れ惚れするものだった。

揚げ物でもうひとつ、忘れられないものがある。それは山芋の天ぷらで、一センチの厚さに切った山芋を油で揚げて、軽くごま塩を振りかけたものである。また、同じ山芋をおろしですって、それを天ぷらにしたものであるが、これがまた、うまさの極みであった。

亭主の好みをよく承知していて、きょうは機嫌が悪いなと察しては、揚げ物で丸め込むなんぞは、心得たものだったのかもしれない。

妻が元気なうちに妻のレシピのひとつでも多くを、なんで習っておかなかったのかと悔やまれてならない。もしかして、どこかにそんな書置きがあるのかもしれないが、それを探し出すことは容易ではなさそうだ。

当分は、見よう見まねの手料理に挑戦しながら、自己満足の日々が続くのかもしれない。

ことほど左様に妻の作る手料理は、本職肌がしていた。もうそんな妻の手料理が食べられないのかと思うと、残念でならない。

娘二人がわれに持ちくる手料理はなべて薄味そをよしとせむ

娘二人の家はわが家から南北に、それぞれが四キロほどの等間隔の線上にある。どちらも共稼ぎの家庭であるから、そうそう出かけてはこない。その上に、どちらも部活の子供を抱えていて、土曜、日曜は子供の送り迎えであったり、応援であったりしてあまり顔見せをしない。

それでも一人暮らしをしている父親が気になるのか、時どきは手料理をつくって、持ってきてくれるから助かっている。

長女のほうは、鍋物が得意で、すき焼きであったり水炊きであったり、おでんなどもよく作って持ってきてくれる。

次女のほうは、グラタンやシチューやムニュエルといった、ちょっとした洒落っ気のある手料理を届けてくれる。ありがたいことだ。

妻が入院してからは、結構台所に立って、好き勝手なものをつくって食べているが、何を作っても調味料は目分量で、おおかたは味が濃く仕上がってしまう。と言うより濃い味に好んでしていると言ったほうがいい。

長女から届くすき焼きは、いい肉を使っているから、おいしいのだが、欲を言えばいまいち砂糖としょうゆの効きが足りないといったところで、火にかけてしょうゆ味を濃くして食べている。

おでんに入っている蒟蒻だけはいただけない。好き嫌いはあまりないのだが、子供のころから蒟蒻だけは駄目であったのが、いまだに続いている。

こんにゃくが駄目なのには訳がある。それはあの三角の形である。川端の柳の下でだらりと手をさげた白装束の女の幽霊が、その頭に結わいつけているのが蒟蒻にそっくりに見えていたからである。子供のころの嫌な思いが今に続いている。

折角届けてくれる手料理なので、もっと味を濃くしてくれなんてことは言えない。それによく考えてみると、昨年受診した心臓の検査結果の説明を一緒に聞いているから、濃い味付けは身体に悪いのだとの気配りであろう。

長女がいま勤めているところは、漁港のある港町で鮭の切り身が手に入ったからと言って届けてくれることがある。長女が見ている目の前で、その切り身にたっぷりと塩をまぶすから、なんてことをするのかとたしなめられたものだ。

手料理を届けてくれるだけではない。両方の家に食事会に来ないかと誘われることがよくあるが、断ることが多い。何故かっていうと、呼ばれておりながら勝手に自分の味付けにしてしまうからである。そのことを誰ひとり文句を言うことはないのだが、孫達にとってかわいそうな味になったものを食べさせてしまうからなのである。こうした行き違いはこの先まだまだ続くことであろうと思うことだった。

老いては子に従えというが、なかなかどうしてまだ当分はこの我儘は続きそうである。

今更に「ごめんなさい」と言ったとてそれは互みに為にはならぬ

長崎にいる友人だが、彼もまた短歌をこよなく愛しているひとりである。高校時代にはそんな才能がある風にはみえなかった。いつのころから短歌を詠むようになったのかはわからない。歌集も三冊ほど上梓している。その都度送って来てくれるが、自然詠であったり家族詠であったり、よく仕上げた歌集である。

歌集を出す度に、とある女性に送っているとのことであった。それは、なんでも高校時代の、一学年下の初恋の人だということであった。

お礼の簡単な文が添えられて、菓子折りが送られてきたりしていたそうである。第三歌集を送ったお礼にと届いたのを見て彼は、肝がつぶれるほど驚いたとのことである。

住所は間違いなく彼女のところ番地であるが、それは彼女の名前ではなく、男名での送り物だったそうである。

まさか彼女が、彼は咄嗟に彼女が亡くなったのではないかと思ったそうだ。確かめるために、高校の同窓会名簿を引っ張り出して、そこにあった番号に電話をかけたそうである。

「はい」と出た声が女性だったので「○○ちゃん？　おれ、長崎から　元気なんだ？」と言うと、「ごめんなさい　本当にごめんなさい」と消え入るような声で謝られたというのである。

「いえね、菓子折りが届いたけど、○○ちゃん名ではないんで、もしかして亡くなったのかと、気になって電話をかけたの」と言うと、また「ほんとうにごめんなさい」と謝られたというのだ。

謝られることが何なのか、わからなかったが、電話が切れてしばらくするうちに、彼女が「ごめんなさい」と言った真の意味は、ラブレターの返事を出さなかったことをいま、謝っているのだと思いたいと言うのだ。そりゃきみの勝手だがよくもまあ、そんな昔のことをうじうじと女々しいことだね、と言ってやったが、それが彼の想いであったとしても、今更どうなることでもないのではないか。

ふるさとも随分と変わりました。太刀洗飛行場の記念館ができたり、甘木線が廃止になったり、そうそう、あのころの校舎も建て替えられて、校舎を囲むようにして植えられていた、からたちもすっかり姿を消してしまいました。こちらにお帰りの節は、ご案内します。ご連絡ください。とあったと言うから、彼の焼けぼっくいにまたぞろ火がついたらしいのだ。

余計なおせっかいだが、彼女にひと言言ってやりたい。

今更に「ごめんなさい」と言ったとてきみにも彼にも為にはならぬ

そうではないか、お互いに家庭がある。しっかりしてくれよ、と彼を諭したのであった。

行きつけの理容店主は米寿なり震えながらの刃が怖い

この床屋との付き合いも長い。六十年も前からになる。そのころはお互いにまだ独身であった。修業の身である彼は、おとなしい性格で、他の仲間内からは一目置かれていたようである。無口なほうで、あまり目立ったほうではなかった印象がある。

修行を終えた彼が店を開いたころ、勤務先の指定店となっていた彼の店に出かけたことから改まった交際が始まった。すでに結婚していて、奥さんは一緒に修行していた八歳年下の別嬪さんであった。

そのころの彼にはすでに三人の娘さんがいて、一番上は高校生になっていた。出身地の当時、東米良という山深い所から母親を呼び寄せて、面倒を見ていたようだ。

孟母三遷ではないが、床屋にも立地条件みたいなものがあるのか、いま行きつけとなっている店は市外にある、静かなところである。何故そこに居を構えることになったのか、聞いたことはない。近くに畑を借りて、いろいろ作物を作っているらしい。自給自足の生活ができる喜びを味わっているとも言っていた。

運転免許は取らないままだったらしく、二十キロの道のりをものともせず、自転車で市内に出かけているとも言っていた。いまだに病知らずの元気坊のようである。

最近その彼の店から足が遠のいている。一年近くになるが、散髪は自前で済ましている。それには訳がある。襟足を剃る彼の手つきに不安を感じるようになったからである。

耳の後ろに当てがった剃刀が一向に先へ進まない。小刻みに震えている感じだ。少しでも横に逸れようものなら、ざっくり切れ込みが入ってしまう。血飛沫が上がるかも知れないと思うと、気持ちが悪くて仕方がない。

恐る恐る聞いてみた。「米ちゃん、晩酌はやる?」「ほんの少しね、缶ビール一本に焼酎のお湯割が二杯かな」それが原因だとは言わないが、手の震えはそこいらからきているのかもしれない。もうここいらが潮時かもしれない。これが最後の散髪だろうと愛想よく別れを告げて床屋を出た。

そのうちにそのうちにとて思いしに友の逝きたる悔いに捕わる

長いこと会っていないが、元気にしているだろうか。そんな友達が何人かいる。この歳になるとそれぞれに何かの病気に取り憑かれているものだ。

心臓を患っていたり、脳梗塞の後遺症でリハビリに通っている者がいたりして、折を見てそんな友達には早くに会っておくべきだとつくづく思う。

妻の介護で、かっての仲間との飲み会などには、足が遠のいている。それはいま妻がお世話になっている施設から、いつなんどきに急な連絡が入るかわからないからである。


友達と会う機会がなくなると、それだけ情報網も狭まってしまう。

新聞を広げて、真っ先に見る欄は、いつのころからであったろうか、スポーツ欄でもなく、社会面でもなく、政治の欄でもない。それは死亡広告欄である。

ああよかった。きょうも知り合いの死亡広告はない。こう寒い日が続くと風邪を引いて、それをこじらせて肺炎になって亡くなるケースがないでもない。みんながそんな歳になっているのだ。いつか折を見て顔を見に行っておかないとあとで後悔する友達が何人もいる。

そんなことが気になる毎日である。

元気かと電話がかかってきて、翌日に亡くなった友がいた。ながいこと声も聞いていなかったのに、突然の電話に驚いたことであった。何かあったのではないだろうか、虫の知らせというのか、訝っていた矢先に訃報が飛び込んできた。

かねてからヘビースモーカーであった彼が亡くなるときは肺炎であろうと決めてかかっていたが、残念なことにそれが的中したことがある。

アルコールも強いほうではなかったが、それなりに付き合いのいい男であった。座持ちがよくだれからも好かれていた。その彼は、即興詩人でもあった。半世紀も前のことになるが、警察学校で寝食をともにしていたころ、厳しい訓練の休憩のとき、たばこをふかしながら、空を見上げてこんな歌を口ずさんだのを今でも鮮明に覚えている。

「碧いお空に白い雲／ぷかぷかぷかぷか浮かんでる／あっそうだおじいさん／おじいさんのおひげによく似てる」彼のこの歌を楽譜に起こす能力がないのが残念である。書き起こすことは出来ないが、口ずさむことは出来る。いつか電話口で彼の奥さんに聞かせたい歌ではある。

ダンスができ、マージャンやゴルフ大好きの彼は、演歌を好み、よく口ずさんでいた。その彼の葬儀の際の葬送曲が「千曲川」であった。おそらくこの曲は、生前に本人が家族に伝えていた曲であろうと思うことであった。

ひとり寝の寝床に犬の潜りきぬその温もりは妻の如しも

六歳になる座敷犬のチョコは、結構いい付き合いをしてくれる。小さいころに芸の仕込をしなかったので、「お手」だの「お代わり」だのはできない。食事の前の「わん」や「ハウス」と言って犬小屋に誘い込むことはささやかな芸としてうまい具合にしてくれる。シーズー犬のチョコはそんな可愛いやつである。

名前は妻の千代子から貰っている。妻へのアニマルセラピーとして飼われた小型犬でその役目はいままでに十分果たしてくれている。

妻がながいこと家を空けているから、忘れてしまっているかと思いきや、週一で家の近くを散歩するときには、車椅子の周りを先にたって小走りでついてくる。

世間では、猫は家に愛着を持ち、犬は飼い主によく懐くものだと言われているが、なるほどそのとおりだと思う。妻が家を留守にしているいまは、ご主人が代わったことをよく理解してくれているようである。

すっかり懐いてくれて、寝るときは布団に潜り込んできて、肘枕で寝ることが習慣になっている。鼾をかいたり、しょっちゅう寝返りを打ったりでいつになったら熟睡するのかと思うほどせわしない奴である。

玄関で物音でもしようものなら、熟睡していると思いきや、布団から飛び出していって、吠えまくっている。姿は見えなくても外にいるのがだれだかはよく判別できているようである。孫達が来たときの声はいかにも甘えた鳴き声をする。まったくの他人の訪問のときは、その鳴き声は、実にけたたましい。

妻の入院後はひとり暮しをしていて、娘達二人には持ち家があってそれぞれに生活している。最近新聞などで一人暮しのお年寄りが、だれの目にも触れずにひっそりと亡くなっていたという報道を見かけることがある。

あの忌わしい六月十八日の夜がその孤独死に直面していたのではないかと思う。

あのときのチョコの付き合いには感謝してもしきれない。心配してか、顔をしきりに舐めてくる。眠ったら駄目だと言わんばかりに飛びついてきて、大声で吠えたてる。ご主人に忠実なパートナーなのである。

今の時期は、一緒に寝ていてもお互いに距離を置いて寝ているが、そのうち寒い時期になると、湯たんぽ代わりのチョコの温もりが恋しくなる。その体温はあたかも妻のほてりに似ているようだ。

侘しさに眠れぬままに床に就く潜り込み来る犬は湯たんぽ

戸締りを済ませ、寝床に向かう様子を察知して、チョコは早々と布団に潜り込んでそのご主人を待っている。そんな様子に妻が彷彿と浮かんでくる。

蒔きなおし蒔き直しした大根が櫓にあがり朝日に泳ぐ

この地方は畑作に適しているのか、田んぼよりも畑が断然に多い。近くに大きな漬物工場があり、そことの契約で漬物の素材を栽培するようになったのかはわからない。

冬野菜の種まきは、地温が下がらない彼岸ごろまでに蒔き終えると、発芽率もいいらしい。折角芽が出て、そろそろ間引きの時季かというころに、立て続けに台風が来た年があった。雨風に叩かれて、どこの畑も全滅して、二回も三回も種蒔きをやり直さなければならなかった年があった。何度も蒔き直しして、種もなくなり、急遽取り寄せたりしていつもの年より、作物の収穫が大幅に遅れたようだった。

高菜と大根が主に作られているが、大根の収穫の前には、畑に櫓が立てられる。それは鰐塚山からの吹きおろしをまともに受ける位置に立てられる。

毎年あちこちの畑に立ち並ぶ櫓は圧巻である。丸太で柱組みをして、十メートルほどの高さにしたところに、孟宗竹を横に渡して組み立ててある。

収穫の時期になると、家族総出で大根の引抜をするが、人手が足りずに慣れない手つきで加勢をしている人の姿を見かけることがある。

櫓に干していく作業は大変な仕事のようだ。二本括りにして下から順に干していくのであるが、下で大根を棹の先に刺して渡すのが男の仕事で、それを受け取って櫓にかけていくのが女性のようだ。どちらにしても力仕事で、よく続くものだと思う。

不安定な足場の櫓の上で、次々うまい具合にと架けていくが、怖くないのかと思いたくなることがある。

鰐塚から吹きおろす風は冷え切って、氷点下の時も多く、そんな夜には大根が凍ってしまわないように、ビニールシートを櫓の全体にかけて、その中でボイラーをたかないと駄目になるのだそうだ。天気が崩れて、雨の予報が出ると、一家総出で櫓にビニールをかける作業をしなければならなくなるとも聞いた。

冷え込んだ明け方、昇る朝日に映えて、真っ白な大根がぶら下がっているが、それはまるで烏賊釣り船に干してある一夜漬けの烏賊のようにきらきらと耀いて、目を射るような輝きである。

缶切りはもう要りません今様の缶詰はみなタブで開きます

妻が施設にお世話になるようになってからは、この二階建ての一軒家はひとり者の居城と化した。あちこちに物を出しっぱなしにしていても、だれに咎められるわけでもない、片付けに弱いから、その散らかりようったら、止まるところがない。

一日のうちで、キッチンにいる時間が長くなり、使い勝手がいいように日ごろあまり使わないものは、処分することにした。

水屋の引き出しを開けてみると、錆びついて使いものにならない缶切りがいくつも出てくる。中には一度も使ったことのないものもある。ごみの分別では、どこに出したらいいのか、冊子を見てもどこにも載っていない。問い合わせるのも面倒で、そう邪魔になるものでもないのでまた仕舞い込んでしまった。

少し前に、鯖缶が話題になって、スーパーの店頭から長いことなくなったままのときがあった。缶詰は鯖缶に限らず、重宝するものである。手間がかからず、蓋を開けさえすれば、そのままでいけるから助かる。

いまの缶詰は、缶切りを必要としない。どれもタブがついているから、それを引っ張って取るだけのことである。実に便利である。

子供のころに、缶蹴りという遊びがあったが、その缶が欲しくて母親に缶詰を買ってくれとせがんだものだ。中身はどうでもよかった。あのころの缶はアルミの分量が少なかったのか、すぐに潰れて長持ちしなかった。

缶切りを使うのに苦労した記憶がある。缶に当てて回せばいいのだが、左利きのためにうまく使いこなせなかったのだ。

いまはかなりの左利きを、あちこちに見かける。だからといって左利きの缶切りが出回ることはない。タブになってからその必要がなくなったのである。

きみだけを遺して先には逝けません看ていくちからだけはください

何がなんでも生きて、生き抜かなければならないと、つくづく思う。いまここでくたばってしまったら妻はどうなるのか。

妻の面倒を娘達に頼むわけにはいかない。彼女達が嫌がっているのではない。連れ合いの片っ方が病に臥せたとき、その面倒を見ていくのはそれは、もう一方でなければならないと、かねてから思っている。

こんどのような大病を患うと、つい弱気になってしまう。余命いくばくもない哀れな老人と化してしまう。

ペースメーカーを入れたという友人は、以前のように趣味のテニスを楽しむことが出来るほどに快適な生活を送っているという。羨ましい限りである。

ペースメーカーを入れることによって、将来がさらに開けたというそれらの人達が羨ましくてならない。彼らには、ほかに持病がないからなのだろうが、螢烏賊を養っている身には、殊のほかこたえる。

人生百年の時代というが、それは健康の身であればこそで、螢烏賊が蔓延って、心臓の筋肉を蝕んでいくわが身には、覚束ないこととなってしまった。

かねてから健康には自信があったし、人並み以上に健康であったと思う。それが、二年前に突然変調をきたしたのである。

通い続けていた筋トレでは、小さな巨人といわれるほど、いろんな器具をこなしていた。週二回のジム通いが楽しみの一つだったが、今はもうそんな余裕はない。

螢烏賊が心臓の筋肉をいたずらするようになってからというもの、車が坂道を急速に下っていくように、身体が弱っていくのがはっきりと見て取れる。

哀れなるかな、わが痩身！　子供のころに、細身の友達を、「骨皮筋右衛門」といってからかっていたものだが、今自分がその状態になってしまっている。

よしんば妻を抱き上げることは出来ないにしても、傍にいて声をかけ、下手な歌のひとつも聞かせてやることが出来る、そんな力だけはなんとしてでも蓄えておかなければならない。

神も仏も信じない、まったくの無神論者なのだが、今回このような窮地に追い込まれてみると、つい、何かに縋りつきたくなってしまう自分がいる。

どうか、どうかこの先、妻より先には逝かぬよう、逝くのはきっちり妻を看取ったあとにと、勝手な願いごとをしないではおられない。

きみを看しわれの望みは常しえにきみの鎮もるこころにあらむ

介護を続けていく上で、何が大事かといえば、我慢強さと優しさかもしれない。一向によくなる気配が見えないと、時として諦めが先立つ。

この病気はどうせ治らないのだから、何をやっても駄目ではないか、このまま無理を重ねていくと、そのうち自分が潰れてしまうのではないか。いい加減、割り切って考えてみないと、共倒れになってしまうかもしれないではないか。そんな不遜な気持ちが湧いてきたりもする。

いくら疲れたからといって、それではあまりにも惨い話ではないか。長年連れ添ってきた妻に対する侮辱以外のなにものでもない気がする。一心同体、何事もなかったときには、それなりにやってきたではないか。妻の状況が好転しないから、自分の体調が悪くなって疲れが出てきたから、そんなことを理由付けにして逃避しようとしている自分が情けない。

寝たっきりの状態で、施設のベッドに横たわっている妻だって、何も好んでそうしているのではないのだ。早晩だれが罹るか分からない病にたまたま取り憑かれたのが妻だったのではないか。

立場が変わって、そこに横たわっているのが自分だったらどうなんだろう。なんで自分だけがここにこうして、寝ていなければならないのか、世の中にやり残したことは、まだ山ほどもあるというのに、この様は一体どうしたということか！

この世には、神も仏もいないのか！　悪いことは何もしていないのに、神様はどうしてこんな酷い仕打ちをなさるのか！　きっと醜態をさらけ出し、罵り捲くし立てるのではないかと思えてならない。

妻は実に穏やかな様子をして、そこにじっとして横になっている。実に見上げた根性である。とても真似などはできない。妻のこの心意気が、この鎮もりが邪魔されずにいつまでも続くことを願わずにはいられない。

覗き込みＳＯＳを探ってもまだ摑めない澄みし妻の目
どうしたい　どうして欲しい覗き込む　きみの貌には答えは見えぬ
声に出し涙を流して泣いてくれ哀しいのなら悔しいのなら
目を瞑り眠ったふりするきみからはいまだに深いこころは読めぬ
もっともっときみの笑顔が見たいから止めるわけにはいかぬこの今
前頭葉側頭葉がいま一度甦らずともどこまでも恋

これがいいこれでいいとはまだ言えぬ介護の奥義はまだ見つからぬ

妻の介護を続けて二十年を越した。最初のうちこそ自宅で面倒を看ていたが、認知症の症状が進むにつれ、一人の力ではどうしようもなくなってきた。

アルツハイマーだけが認知症と思っていたが、症状によっていろいろな認知症があると分かったのは、かなり経ってからのことである。

妻が患っている認知症は、認知症の中で唯一、難病の指定となっている前頭葉側頭葉変性症認知症という、厄介な認知症だと聞いたときには、さすがに愕然とした。

アルツハイマーにはその進行を遅らせるアリセプトという投薬があるが、妻の認知症にはなんの特効薬もない。

指定の難病は三三〇種もあり、妻の患いは、一七二番目の指定であり、その更新は毎年行わなければならず、面倒な手続きが頭痛の種である。

会話があり、食事も自分でできているうちは、自宅で面倒を看ていたが、症状が進むにつれ、手に負えなくなってきた。長いこと寝たきりでいると、足腰が弱ってくるし、トイレに行けなくなってしまう。

寝たきりの妻のおむつの交換もひと苦労であった。きれいに拭きとって、気持ちよさそうな顔を見るまでには、かなりの努力を要した。

もう駄目だ、自宅ではこれ以上面倒を見られないと、感じ始めたのは、食事ができなくなってきてからである。口に運んでやっても開けようとしないし、見向きもしない。しばらくは、点滴で繋いでいたがあちこちが腫れ上がってきた血管を見るにつけ、これはもう入院以外に個人の力では駄目だと痛感した。

病院でお世話になるから、まかせっきりというわけにもいかない。今までどおりに毎日顔色をみていないと、気が休まらない。直接面倒を見なくなったからといっても、今までと何もかわったことはない。四六時中傍にいなくなった分、かえって心配事が増えた感じだ。夜は眠れているだろうか。夜中に目を覚まして、泣いてはいないだろうか。そんなことばかり考えていると、かえって気疲れをしてしまう。

朝早く、家を出て病院へ向かうのも、こんなところからきている。ぐっすり眠り込んでいる顔を見るとひと安心できる。起こさないように気をつけながら、手を擦り足を揉んだりしていると、やがてして目を覚ます。怪訝な顔をして見上げている瞳に出会うときほど嬉しいことはない。

時間をかけ、懲りずに通い尽くめの甲斐があると感じるときである。これからもこうしてこの介護を続けていくことになることだろうが、これ以上の介護は、まだ見つからない。

あとがき

第三歌集までで介護の大方は詠み込んだし、もう終わりにするつもりでいた。本心介護に少々疲れてもいた。

第一歌集の『ほどほど』が平成二十二年、第二歌集の『そのこと』が平成二十五年、第三歌集の『みてみて』が平成二十八年、つまり三年ごとに出版してきたことになる。さすればつぎを考えるとしたなら平成三十一年がその年になる。だが一冊の歌集として出すほどの持ち歌はもうない。

昨年の夏ごろから、息切れがするのと夜中にふくらはぎがつる、いわゆるこむら返りがしょっちゅうで、からだに何かの異常が生じてきたのではないかと不安を抱えていた。

かかりつけの医者の勧めで精密検査を受けたところ、案の定心臓に異変が起きているとのことであった。病名は全身性アミロイドーシスといって難病なのだそうである。発症の原因がわからず、治療法もまだ見つかっていないとのことであった。

現在、難病の指定は三三〇種あって診断結果の病気は二十八番目の難病なのだそうだ。妻の前頭葉側頭葉の認知症が一七二番目の難病指定であるから、夫婦して難病を背負っていることになる。いままでのような無理は出来なくなったんだと認めざるを得なくなってしまった。

難病指定を受けてからというもの、脱力感にとらわれてすぐに疲れを感じるし、創作意欲はまるでなくなってしまった。

介護疲れ、たいしたこともしていないのにすぐに疲れてしまうし、気力も失せてしまった。歌集どころではない状況にある。だが、折々に書き留めてある短歌が少しはあるし、このままとだれの目に触れることもないままに終わってしまう。少々惜しい気がしてきて、エッセイ集としてでも出してみるかという気になった。

高校時代の友人に短歌を詠むのがいて、かれが最近一人百首なるものを出版して、それを送ってきてくれた。なかなかよくできている。急に数合わせをしても無理が生じるし第一、いまからでは四〇〇首もの短歌を詠むことはとうていできない。さすれば、かれを真似て一〇〇首で顕わしてみようという気になったのである。

取り掛かってはみたが、なかなか思うようにはいかない。青磁社に本心を打ち明けて、今回の出版のアドバイスをもらうことにした。とりあえず一〇〇首を送って選歌をお願いしたところ、半分が切り捨てられて返ってきた。同じような短歌ばかりでこれをエッセイに仕上げるのには、大変ではないかというのがその理由である。ご説ごもっともと納得して残りの五十首を急ぐことにした。気が急くばかりで思うようにはかどらない。もう止めにするか。そんな弱気に襲われる。詠もうとすればするほど浮かんでこない。

以前、それは十年ほども前のことだが、第一歌集を出す際、跋文を書いていただくようお願いをして、快く引き受けていただいたことのある浜田康敬先生に「最近いい短歌が詠めません」とぼやいたところ、「いい短歌ってなんですか」と逆問されて赤面したことがある。いい歌が何なのかはいまだにわからないでいる。

そうだ、自己満足で、読者の目を怖がって詠んでいたから駄目だったのだ。衒うことなく、思いの丈を詠んでいけばいいのだ。

悟りが開けたなんていえば大仰すぎる。今のありようを素直に詠んでいけば、おのずと道が開けるような気がしてきた。

年の瀬も迫ってきた。焦ることはない、切迫した期限のほうは、出版社のほうで調整してくれるだろう。横着に構えると、これまた気が楽になってくるからいい加減なものだ。

漕ぎ出した船だから、どこかの岸にたどり着くまで漕いで行こう。そんな思いにたどりつき、やっとこさ残りの数合わせに取りかかることにした。

そんな折、体調に異変を感じるようになった。息切れはするし、ちょっと動いただけで立ちくらみはする、胸が締め付けられるように苦しい。

二年前に二泊三日のカテーテル検査を受けたことがある。その際、いま向き合っている全身性アミロイドーシスという難病に取り憑かれているということが分かったのだが、それは、心臓の筋肉にまるで、螢烏賊が蠢いているような異様な光景のモニターを見ての、医師の説明であった。

もとより螢烏賊が心臓に生息しているはずがない。造影剤によって炙り出されたそれが、まるで富山湾で網から引き上げられるときに光を放っているそれにそっくりだからそう呼んだのである。

「先生、この螢烏賊を除去すれば一発よくなるんですよね」と訊ねると、その答えに愕然となってしまった。

「そうなんですが、その薬はまだ、開発されていません。それを見つければノーベル賞ものですよ」ということであった。発症の原因がわからず、その治療法がまだ確立されていない、だから難病の指定がなされているのかと、変な納得をしたものである。

あれから僅かに二年しか経っていないのに、今回の事件である。

早めの夕食を済ませ、一眠りしているうちに気が遠くなり、いままでの人生が走馬灯のように駆け巡り、どのくらいの時間が過ぎたのか、それはほんの一瞬のような気もするがもっと長かったような気もして、実のところは分かず仕舞いである。

失神をして、失禁までしているではないか。これはただ事ではないとあらためて恐怖に襲われた。このまま眠りに就こうものなら、またぞろ同じような症状に取り憑かれるかもしれない。ひとり暮しのいま、だれにも気付かれないままの孤独死もいいところだ。その後はまんじりともせず、ひたすら夜の明けるのを待った。その夜の二十二時二十二分に新潟の村上で震度六強、山形の鶴岡で震度六弱の地震が発生し、その報道を聞きながら眠らないようベッドに座ったまま、一睡もしないまま夜明けとともに、かかりつけの病院に駆け込んだ。

なんとしてでも取り掛かったままの今回の歌集は、完成させねばならないと強く思った。当初、歌集名は介護に努めてきたこれまでの反省点を踏まえこれからの介護をどうしていくのかその覚悟を込めて

伸びしろはまだあるはずだこの介護これまでのこと　これからのこと

の「伸びしろ」に決めていた。

ところが今回のペースメーカー事件で急遽、蛍烏賊に替えることになった。この先どれくらいの時間をこの蛍烏賊と付き合っていくことになるのかは分からない。ペースメーカーの電池は普通だと十年は大丈夫らしい。二年前の蛍烏賊の状態は、心臓の筋肉にほんの一ミリ程度であったらしいのだが、今回はおそらく五ミリ程度に覆い尽くしているだろうとのことであった。僅かに二年でそうならば、この先、その繁殖の進度も相当なものだろうと思われる。

歌集を急ぐ気になった理由は、実はここにある。

メカに弱くてデジカメが駄目、携帯にいたってはいまだに持っていない。パソコンはこれまた、その操作方法を熟知していない。

十数年前に購入し、使っていたワープロが故障してからというもの、修理がきかず、どこの店を当たっても、今はもうワープロを取り扱っている店なんぞはないと一蹴された。時代遅れもいいところである。パソコンで字を打ち込むことだけは出来る。あとの仕上げ一切を娘と孫達に頼んで、まがりなりにやっと出来上がった。加勢してくれた娘と孫達に感謝、感謝である。

装丁はいままでの歌集のすべてをお願いしてきた中須賀岳史氏にお願いすることとした。どの歌集の装丁にも気配りがなされ、大いに気に入ってのことである。出来上がりが楽しみである。

今回のこのエッセイ集の上梓に当たり、青磁社の永田淳氏にはいままでの歌集同様、縷々相談に乗っていただき、おおいに心強く感じた。ここに改めてそのご尽力に感謝を申し上げたい。

自分がだれなのか、ベッドの脇に座って覗き込んでいるのがだれなのか、まったくわからなくなっている妻にこのエッセイ集を贈るにはあまりにも酷いことかもしれないが、これが最後であることの許しを請いながら、妻へ捧げることとする。

令和元年九月

上野　直

著者略歴

上野　直（うえの・あたる）

昭和一一年　台湾基隆生まれ
父の仕事（警察）の関係で台湾での國民学校三校を
含め小学校七校、中学校二校、高校二校に通った。
西南学院大学文学部英文学科卒業
宮崎県警察
宮崎太陽銀行
平成　七年　短歌を始める
平成一七年　第四十六回宮日文芸賞短歌賞受賞
平成二一年　秋の危険業務従事者叙勲　瑞寶單光章受章
平成二二年　第一歌集『ほどほど』上梓
平成二五年　第二歌集『そのこと』上梓
平成二八年　第三歌集『みてみて』上梓

歌文集　螢烏賊

初版発行日　二〇二〇年三月十日

著　者　上野　直
宮崎県宮崎市清武町正手二－四四（〒八八九－一六〇三）

定　価　二五〇〇円

発行者　永田　淳

発行所　青磁社
京都市北区上賀茂豊田町四〇－一（〒六〇三－八〇四五）
電話　〇七五－七〇五－二八三八
振替　〇〇九四〇－二－一二四二二四
http://www3.osk.3web.ne.jp/~seijisya/

装　幀　中須賀岳史

印刷・製本　創栄図書印刷

ISBN978-4-86198-456-3 C0095 ¥2500E